JN162971

怪談5分間の恐怖

中村まさみ

人形の家

親による子殺し、子による親殺し、無差別殺人、親や身内による虐待死……。
なぜ、人の世はここまですさんでしまったのでしょう。
人の心にひそむ闇が、日を追うごとに深くなり、
それまではあたりまえであったはずの感情を無にしてしまう。
そんな闇におかされそうな世の中に、一筋の光が届いたなら……。
自らの存在こそが奇跡であり、それは〝いまを生きたかった〟人々の上に存在する。
怪談というツールを用いて、
ほんの一瞬でも命の尊厳・重さ・大切さを感じてもらえたなら……。
そんなことを思いながら、
これからわたしが体験した〝実話怪談〟をお話ししましょう。

怪談師　中村まさみ

もくじ

たたみ 6
午後四時に見ると死ぬ鏡 10
出るアパート 16
キハ22の怪(かい) 28
フクロウの森 33
拾ったソファー 50
地蔵(じぞう) 61
事故 65
虫の声 71
わしゃわしゃ 88
上から見てる 95
真冬の海岸 104

追ってくる 109
わたしが心霊スポットへ行かない理由 113
ヘビの話 125
子ども用プール 127
呪いのターコイズ 131
乗ってる…… 137
情けが仇 140
生霊 153
舌打ち 160
喪服の男 171
大きな顔 177
凧 185
たんす 190
池袋の少年 204
必ず転ぶトイレ 206
頭骨の授業 212
となりの住人 224
床上浸水 228
人形の家 233
青山という男 243
生きろ 249

たたみ

友人・東の家に、遊びに行ったときのこと。
「ちょっと、タバコ買ってくるから、待ってて」
そういって、東はコンビニへと出向いて行った。
それから五分もたったころだろうか。

ゴスッ！

閉め切ったとなりの部屋から、異音がした。
（なんだ……？）
わたしが聞き耳を立てると、音は、はたと止む。

気のせいだと自分にいい聞かせ、テレビの画面に見入っていると、また……

ゴスッ!!

いいかげん、うとましくなってきたので、となりの部屋へと続く、ふすまを開けてみた。
すると、すぐ目のまえから

ゴスゴスッ！

これには、さすがに「うわ……」と声が出た。
いったいなにが鳴っているのかと、暗闇（くらやみ）に向け、目をこらしていると、今度は……

ズッズッズッ！

という重い音。
そして、その音の発生源も確認できた。
それは、目のまえにある、たたみからだった。
部屋のほぼ中心あたりに、十文字になっている、たたみの合わせ目がある。
どうやら異音は、そのあたりから聞こえてくるようだ。

二、三歩近付いて、その合わせ目を足でふんでみよう……そう考え、わたしが歩み寄ろうとした、そのとき。

ゴスッ!!

一段と大きな音がして、合わせ目にある一枚が、数センチほど、うき上がった。
「うわわっ!!」
そうさけんで、リビングへとあとずさる。

角がうき上がったたたみは、それ以降、そのまま静かになった。

ほどなく、玄関が開く音がして、東が帰ってきた。

「いやあ、悪い悪い……ってか、そこでなにしてんの？」

それには答えず、ただだまって、わたしは、うき上がったたたみを指さした。

「ああ、これな。たまあに、うき上がってくるんだわ」

東はそういうなり、それを足でドスッとふみこんだ。

それ以来、東の家には行かないことに決めたわたしだ。

午後四時に見ると死ぬ鏡

「学校の怪談」というと、すぐに思い出される話が、いくつかある。
今回は、その中でも、こわさでは上位に位置する、〝鏡〟に関する話を書く。

友人・田柄は、わたし同様、なんどか転校をくり返している。最初の転校は幼稚園のとき。
その幼稚園は、小学校の中に併設されており、運動会や遠足などは合同で行われていた。
校庭で遊んでいると、よく小学校のお兄ちゃんやお姉ちゃんたちが、園児にいろいろ話しかけてくるのだが、そのほとんどが、「こわい話」。
小学生たちの話は、生まれてから、まださほど人生を歩んでいない、幼気な園児たちを、心底こわがらせるには十分だった。
その中のひとつが、この「午後四時に見ると死ぬ鏡」の話だった。

その小学校には、ある階段のおどり場のかべに、巨大な「姿見」があった。

大きさは、たたみ二枚分くらいというから、一八〇×一八〇センチメートルほどだろうか。低学年の子なら、三、四人が並んで十分映る大きさだった。

よく女の先生が立ち止まっては、髪形などをチェックしていたという。

その「姿見」のまえに午後四時に立つと、死んだ学校用務員さんが鏡の中から現れ、腕を引っ張って連れて行かれる……というのが、代々その学校に伝わる「学校の怪談」だった。

田柄が通っていたのは高度成長期。全校生徒が千人をこすマンモス校で、階段も複数箇所に設置されていた。

問題の姿見は、各階のおどり場にあるわけではなく、偶数階に設置している階段もあれば、奇数階に設置している階段もある。

その中のどれが〝見てはいけない鏡〟なのか、田柄にはわかろうはずもない。当時、幼稚園児であった田柄たちにとって、これほどこわい話はない。

幸いにも、幼稚園は一階にあったため、卒園するまで、階段を上り下りすることはなかった。やがて小学校へ入学。

そのころには、姿見の話などすっかり忘れて、田柄は、新しい友だちと毎日を楽しく過ごしていた。

学年も上がり、音楽や理科、家庭科など、教室を移動する授業が増え、あたりまえのように階段を使うようになる。

そんなある日のことだ。

その日は図書委員会があり、三階の図書室で本の整理などをしていて、田柄は下校するのが、すっかりおそくなってしまった。

急いで帰ろうと、ランドセルを背負い、階段を大あわてで下りていく。

すると、とつぜん。

「こんな時間まで、なに遊んでるんだ！」

しゃがれた男の人の声で、背中ごしに、どなられた。

びっくりして田柄がふり返ると、そこには用務員のおじさんが立っている。
ふだんは物静かな人で、この用務員さんが声をあらげた姿は、一度も見たことはなかった。
それがいまは、目を大きく見開き、口をゆがめ、顔を真っ赤にして、目のまえに仁王立ちしている。それも「姿見」のまえで……。
「まったく、こんな時間まで遊んでおって！」
用務員さんは、再度、田柄にいった。
「ち、ちがいます……図書委員の仕事が……」
田柄の言葉をさえぎって、用務員さんがどなった。
「うそをつくな！」
「うそじゃないです！　本当なんです」
「うそつくなといっとるんだ！」
そこから「うそだ」「うそじゃない」と、おし問答をくり返し、そうこうしているうちにも、じょじょに日がかげっていく。
「うそばっかりつきやがって！　ちょっとこい！」

用務員さんは大声をあげ、田柄の腕をつかみ取ろうとした。
「ちょっと！　やめてください、なにするんですか！」
そうさけんで、田柄が必死の抵抗をしたときだった。
「どうしたの？　ずいぶん、おそいじゃないの」
田柄のうしろで、別の男の人の声が聞こえた。
ふり向いた先に立っていたのは、いつもの用務員のおじさんだった。
「え……」
田柄をはさんで、そこにはふたりの用務員さんがいる。
目のまえでなにが起こっているのか、まったく考えが追いつかず、田柄は、ただただその場に立ちつくしていた。
すると、あとからきた用務員さんが、静かに「姿見」の方を見る。
「……もうだいじょうぶだよ。心配いらないからね」
そういって、「姿見」の方へと歩いていった。
田柄は依然、固まったまま、目だけで用務員さんの姿を追う。

「もう、『これ』には、なにもさせないからね。こわかったね……」

その言葉を聞いた田柄は、ろくにあいさつもしないまま、用務員さんの横を走りぬけた。

玄関に向かって走りながら、用務員さんが気になって、つい、うしろをふり向くと、いつもの用務員さんは、「姿見」のふちをゆっくりとさすっている。

怒った方の用務員さんは、鏡の中から、田柄をじっと、にらみつけていたという。

それ以来、田柄は、その階段を使うことはなかった。

それと同時に、優しかったいつもの用務員さんの姿も、校内で見かけることはなくなった。

しばらくして田柄は、親の転勤のため転校した。

優しい用務員さんが校内でたおれているのを、朝いちばんに登校した先生が見つけて、用務員さんは病院に運ばれた……という話を、ずいぶんたってから聞かされたという。

しかし、用務員さんが、どこでたおれていたのか、その後どうなったのかは、いまでもわからぬままだ。

出るアパート

いまから、数年まえのこと。

わたしの遊び仲間である仲井間から、こんな話を聞いた。

「一軒の古びたアパートがあるんだが、その二階の一室に、女の幽霊が出るんだ。その話は近所では有名な話でな……。建物が老朽化していることもあって、新しい入居者が見つからないんだ。

いっそのこと、そういう事情を喜んでくれるような、奇抜な人はいないかねぇ……」

仲井間は不動産業を営んでいる。

本来は豪勢な分譲マンションや、高級注文住宅を専門にしているのだが、賃貸住宅を専門にあつかっている同業の友人と飲んだときに、その物件の相談を持ちかけられたのだという。

「どうだ中村、おまえ、少しの間、住んでみないか？」

「ばっか！　なんでおれが！」
「だっておまえ、怪談会やったりしてるんだろ？　いいネタが拾えると思うぞ」
「あのな、おれは自ら、そういうところへは好んで近付かないの。第一、まじでお出ましになったら、おれは気を失うわ！」
その日は、そんなやり取りをして別れた。
酒の席だったし、わたしとしては、仲井間は酒のさかなにこんな話をした……くらいにしか思っていなかった。

ところが、その一週間後、また仲井間から電話がかかってきた。
「もしもし、おれおれ！　今日の午後、ちょっと会えないかな……？」
待ち合わせ場所に行ってみると、仲井間はすぐさま、あの話を切り出した。
「いやあ、実は、この間、飲んだときに話した、例の物件な」
「例のって？　あの出るっていう、古いアパートのことか？」
「そうそう！　実はあれ、地ベタ（土地）こみで売れそうなんだよ！」

「おお！　そりゃ、よかったじゃねえの」
「いや、それがな……」
と仲井間は、そのアパートの話を始めた。
購入を希望したのは、世田谷の一等地でシステムエンジニアリングの会社を営む、青年実業家だという。
彼は〝神も仏もこの世にはない。信じられるのは、自分と金だけ〟という信念の持ち主で、その安価な物件に、食いついたらしい。
仲井間が続ける。
「ところがよ。そんな彼も『風評』には敏感なんだわ」
「風評？　つまり幽霊のうわさのことか？」
「そうそう。神も仏も信じないというわりには、変に『げん』を担ぐ男でな。だから、新たにスタートするオフィスに、おかしなうわさが立っては困る……と」
「それで……？」
わたしは、なんだかいやな予感がしてきた。

「おれも、軽く返事しちまってさ……いまとなってはだな、その……」
「だから！　なんなんだ？」
「こんなことに巻きこんじまって、おまえには、ほんっとに、すまないと思ってる」
すでに、わたしは巻きこまれているらしい。わたしは、仲井間をにらんでいった。
「はっ？　なんか、安うけ合いしてきやがったな！」
「はは……」
「はは、じゃねえ！」
「おれにな。おれに……その物件の問題の部屋に泊まって、真偽のほどを確認してこいと……
まぁそういうんだわ……あはは。
それでな、まぁ、おれもひとりじゃこわいし、うちの若いもんをひとり連れてだな……」
わたしはほっとした。
「よかったぁ。おれに同行しろって話かと……」
「おまえにも、いっしょにきてほしいんだわ」

結局、いっしょに行くことになった。
現地に着いてみると、建物自体は思っていたほど、荒廃したものではなかった。
ただ昭和の香りがただよう、昔の刑事ドラマで、犯人がかくれているような、そんな感じの建物だ。

ギギィィイイイイイ……

共同玄関のドアを開ける。
ちょうつがいが、怪談イベント用に録音しておきたいような、定番中の定番の音を発する。
昔のアパートスタイルの特徴ともいえる、広めに造られた玄関でくつをぬぐ。
木の床に一歩上がると、これもまた〝ミッシ　ギッシ〟と鳴りひびく。
「問題の部屋は上なんだが……」
「『問題』いうなっ！」
仲井間の言葉を、わたしは即座にさえぎった。

大の男三人で、息をひそめてろうかを歩く。
はたから見れば、ものすごい間ぬけな三人に見えると思うが、我々はすこぶるまじめだった。
「そこそこ、ほれ、その階段を上るんだ」
仲井間のさす方を見ると、〝いかにも〟という、木の階段がある。

ギシイィ……ミシミシッ……ギシッ……ギシィ……パキィッ……
ミシッ……ギシッ……ギシギシ……ギギィィ……

と、そのときだった。
「なにしてるんです!?」
「うわあああああああああああっ!!」
とつぜん声をかけられ、三人が、いっせいにさけぶ。
見ると階段のすぐ横にある一室のドアが開き、中から若い女性が顔をのぞかせている。
「びっ、びっ、びっくりしたぁ！」

わたしは本当に心臓が止まるかと思った。
「ああ、すみません。なんか人の気配がしたもんだから……」
「いやいや、こちらこそすみませんね。なんでもありませんから。ご心配かけました」
仲井間がそういうと、その女性はけげんな顔をしたまま、部屋の中に引っこんだ。
「まったく！　住んでる人がいるならいるで、初めにいえよっ！」
わたしは、もうだれも住んでいないものと思いこんでいた。
「悪い悪い！　元々おれの持ち物件じゃないもんだから、そのへんの事前情報が不足してた」
なんとか、二階のろうかにたどり着き、一行は建物のさらにおくに向けて、歩を進める。
窓のたぐいがいっさいなく、まるで洞穴のようだ。
「うん、ここだ、ここだ」
そういうなり、仲井間はポケットから一本のかぎを取り出し、昔ながらの〝かぎ穴〟に差しこんだ。
〝ガチッ〟というかたい音がして、ドアが数センチこちら側に開いてくる。
ドアを開け放ったとたん、なんともいえない、カビくささが鼻をついた。

部屋に入り、とりあえず窓を開けて、空気の入れかえをする。しかし、そのにおいは、なかなか消えることなく、なんとも陰鬱な雰囲気の部屋だった。

「いまが……十時だから、とにかくばか話でもしながら、夜が明けるのを待とう」

仲井間が提案する。

「いつまでいるつもりなんだ？」

わたしは仲井間にたずねた。

「まぁ……朝六時くらいで、いいんじゃねえかな。とりあえず、外が明るくなったら引きあげようや」

「こういう場合の、おれのギャラは高いからな」

「わかったわかった。ちゃんと、うめ合わせはするからさ」

それから三人は、寝転んだりあぐらをかいたりしながら、くだらない世間話と、車の話とで時間をつないだ。

ふと外を見ると、東の空がじんわりと明るくなりかけている。

もうちょっとで、この〝ばつゲーム〟から解放される。そう思いながら、仲井間を見ると、難しい顔をして、なにかを考えているようす。

「どうした？　難しい顔して」

「ん？　ああ、いやいや。なんでもないよ。それより、そろそろ引きあげようか」

「まだ五時半だが……」

予定していた時間まで、まだ三十分ほどある。

「そうだけど、外はぼちぼち明るくなってるし、もういいだろ」

仲井間がそういうのだから、わたしに反論する理由など、ひとかけらもない。

その日の〝出る部屋でのお泊まり会〟は、それで終焉をむかえた。

三日後、仲井間から、わたしの携帯電話にこんなメールが入った。

〈中村。この間はありがとう。あの物件の契約は、キャンセルになったよ〉

わたしはおどろいて、すぐに仲井間に電話したが、一向につながらない。

会社の方に電話すると、社員におどろくべきことをいわれた。

「社長は体調不良により、自宅療養中です」
「体調不良？　いつからです？」
「先日××区のアパートに泊まった、翌日からです」
ただならぬものを感じたわたしは、すぐに仲井間の自宅へ向かった。
呼び鈴をおすと、仲井間のおくさんが顔をのぞかせる。
「まあ、ようこそ。どうぞ上がってください」
「あいつはどうしてますか？」
「それが……あたしにも、なんだかよくわからないんです。いま呼びますから、ちょっとお待ち願えますか」
リビングに置かれたソファーに腰を下ろし、〝具合が悪い仲井間〟が現れるのを待っていた。
（よくわからない……？　やっぱり、あの部屋で、なにか食らったんだろうか……？）
そんなことを考えながら、なに気なく、テーブルのすみに視線を移したときだった。
〈××区〇〇町△△荘　売買契約書〉
そこに置いてあるのは、あの〝出る〟アパートの売買契約書に他ならなかった。

わたしはそれを手に取り、表紙をめくってみる。
「なっ！　うそだろっ!?」

［売買物件現状］
家屋解体まえの状況にあり、電気を除く、水道・ガスは閉栓、三年まえより現在におよぶ居住者なし。

「居住者なし……三年まえより……って、なんだこれ!?」
「見たか……それ」
気が付くと、そこに仲井間が立っていた。
「だっておまえ、あのとき、一階の……」
「あの部屋なんだってさ」
「えっ？」
「『問題の部屋』は二階じゃなく……一階のあの部屋なんだと……」

そうなのだ。

実は仲井間（なかいま）が聞きちがいしていたらしく、「幽霊（ゆうれい）が出る」というわさがあるのは、まさにあのとき、女性が顔を出した、一階のあの部屋だったのだ。

近年にはめずらしく、〝まともに見ちゃった〟一例として、ここに記述しておく。

キハ22の怪

最近になって、一九八〇年代の名作テレビドラマ『北の国から』を最初から見直している。ドラマの舞台である富良野には、元々友人が多いこともあり、さまざまな時代背景を直接的に感じられるのがうれしい。そして、ふとある日のことを思い出した。

わたしがまだ、高校一年生だったころのこと。

北海道の根室本線富良野駅のとなりに、〝布部〟という小さな駅がある。

ドラマを見たことのある方ならわかるかと思うが、草太が、毎日雪子を待ち続けた、あの小さな駅だ。

わたしは布部に住む、友人・牧野の家に一泊し、翌朝早くから、牧野とふたりで近くの渓流へ釣りに出かけた。

周囲の山々が、すばらしく紅葉している。釣果もそこそこで、ヤマメやイワナが結構な数、釣れたように記憶している。

日が落ちるころ、釣り道具を担いで、牧野の家へもどり、釣った魚を焼いてもらった。

翌日は学校があるため、その日は、夜九時くらいの列車に乗らなくてはならない。わたしは、牧野の親父さんに布部駅まで送ってもらい、列車に乗りこんだ。

乗客はわたしの他にはだれもおらず、二両編成のローカル線を、ひとりじめの状態だった。車両はキハ22形気動車。動力はディーゼルエンジンで、うるさいトラックのような音をさせて走る。

ホームで手をふる、牧野と親父さんに別れを告げ、古い列車はゆっくりと動き出した。函館本線に乗りかえるため、わたしは、いったん滝川という駅へ向かわなければならない。布部を出発し、となりの富良野、そのとなりの島ノ下に着いても、乗客は、だれひとりとして乗りこんではこなかった。

ガタンガタンと大きな音をさせる台車、ディーゼル特有の油っぽいにおい。

車内の照明は、天井部に点々と取り付けられた、うす暗い電灯のみだった。
この車両は、自分が生まれるまえから走っているのだろう、そんなことを考えた瞬間だった。

ガ……ガァーッ

まえの車両との間の貫通とびらが開き、ひとりの老人が、こちらに向かって歩いてくる。
(あれっ？　いつの間に乗ったんだろう？)
異様によたよたとした足取りで、老人がゆっくりと近付いてきた。

あ……ぁ……はぁ……はぁ、あ……ぁ……ぁ……はぁ、はぁ

苦しそうな息づかいと、〝ズズッ……ズズッ……〟という、なにかを引きずるような音。
それが、いま、まさにわたしの真横を通り過ぎようとしている。
とてもではないが、直視することなどできようはずもなく、一刻も早く通り過ぎてくれるこ

とを祈るのみだった。

すると今度は、わたしが座っている背もたれに、背後からずしっとした感触が伝わってきた。

（な、なんで、じいさん、わざわざ、おれの真うしろに座るんだよっ！）

とてつもない嫌悪を感じたわたしは、横に置いてあったバッグを持つと、だれも乗っていないとなりの車両へ移ることにした。

あみだなに上げてある、もうひとつの荷物を降ろそうと、立ち上がったときだった。

ううわあぁはぁああぁぁぁ……ううううわぁぁはあぁえぇぇぇぇ……

それまでの声とは、比べものにならない大きな声で、老人がうなり声を上げた。

同時に感じた、異様なにおい……。

それはまさしく、〝死んだ動物〟から発せられる腐乱臭のようで、思わず胃の中のものが逆流する危険を感じ取った。

わたしは急ぎ足で貫通とびらへと向かい、横開きのとびらを開けようと、ノブに手をかける。

（……ん……？）

貫通とびらのガラスに、なにかが映っている。

先ほどまでわたしが座っていた、座席の背もたれ付近から、なにかが顔をのぞかせているのが見える。

思わず、わたしはふり向いた。しかし、そこにはなにもなく、ただ列車のエンジンと車輪の音だけが、ゴウゴウとひびいているだけだった。

なんとか、まえの車両に移ったわたしではあったが、実はあることが気になり出していた。

（あのじいさんのこと、こわいこわいと変に考えてしまったが、もしかしたら本当に具合が悪いのかもしれない。もしそうなら……）

そう考えるといても立ってもいられず、意を決して、うしろの車両へと引き返す。

ところが……だれもいない。だぁれもいなかったのだ。

その後、牧野や富良野近辺の知人たちにいろいろ聞いてみたが、それらしきうわさを聞くことはできなかった。

あの老人がいったいなんだったのかは、いまだに不明のままだ。

フクロウの森

青木ヶ原は自殺の名所として知られるが、貴重な自然が残る国立公園の一部であり、ヤマネやフクロウなど、多くの動物が生息している。最近ではネイチャーガイドについて回る、ガイドツアーも実施されているほどだ。国の天然記念物であり、林道をはずれての入林は禁止されている。

もう数十年まえのことになるが、友人・鎌田のさそいで、青木ヶ原樹海へフクロウを見に行ったことがある。いや、〝連れて行かれた〟という方が、正しい表現かもしれない。

とちゅうで弁当を買いこみ、現地に着いたのは、二十二時を少し回ったあたりだった。

「フクロウは、すごく警戒心の強い鳥だからな。個体の近くまで行くことができたとしても、しばらく身をひそめていないと……」

鎌田のアドバイスが入る。
「しばらくって？」
「場合によっては三十分」
以前、鎌田と話した折に、「おれはフクロウが好き」と、軽い気持ちでいったのが、こんな結果になってしまった。
鎌田とは元々サバイバルゲーム仲間であり、今夜も、ふたりそろいもそろって、さながら野戦部隊のような装備をしている。
暗い中でも見ることのできる、暗視ゴーグルを装着し、漆黒の森へと入っていく。
「なるべく枝を折らないように、土や岩が出たあたりを、くつでふむんだぞ」
フクロウ観察のベテラン・鎌田から、またもや指導が入る。
「めんどくせーな！」
わたしが適当な返事をすると、鎌田が環境保護の持論を語り出す。
「めんどくさいとはなんだ!?　そもそもおまえは環境保護って観念をだな……」
「だーっ、わかったわかった！」

鎌田の説教を軽く流しながら、初めのうちは遊歩道を進み、しばらく行ったあたりで、いよいよ森へとふみ入る。

そこから少し歩いたあたりで、空気が変わるのがわかった。夏はすぐ目前まできているというのに、外界から拒絶された空間ともいえるこの場所は、寒々としている。

暗視ゴーグルを通して、緑色に映し出された足元を確認しながら、おそるおそる歩を進めていく。不意にまとわりつくクモの巣や、枯れ枝が、まるで行く先をはばむかのように、我々にちょっかいを出す。

「うえ、ぺっぺっ！　まぁた、クモの巣が……」

とわたしがいった、そのときだった。

ホッホッ……ホッホッ……

「しっ！　止まれ！」

鎌田が周囲をうかがいながら、くちびるに指をあてていう。

「い、いまのが？」
「ああ、まちがいない。結構近いぞ」
鎌田は、興奮した口調でささやくと、耳に手をそえながら、やや右の方向に進路を取った。
「フクロウはな、羽音をさせずに飛ぶんだ。だからにげられると、そのあとを追うのが困難なんだよ」
小声でそんなことをわたしに説明しながら、そこから十数メートルほど行ったあたりで、先を歩いていた鎌田が、ふと足を止めた。
「ど、どうした？　見つけたのか？」
「……」
鎌田から返事がないところを見ると、ターゲットを見つけたか、それともにげられたか、どちらかだろうと思っていた。
そのどちらなのか、わたしは、ゴーグルごしの〝闇〟にうかぶ木々に、じっと目をこらした。
「中村」
「ん？　なに？」

「変なことをいうがな、さっきから……なんだか、におわんか？」
実は先ほどから、少なからず、わたしも気にはなっていた。
それは、長年積もった、落ち葉と土とが混じりあった腐葉土のような、山のにおいとでもいおうか、そんな感じだったが、鎌田にはちがったようだった。
「そんなんじゃねえぞ。ほら、ちょっとこっちきてみ……な？　これ、わかるか？」
そういわれて、立ち位置を変え、わたしは、二、三歩、まえへふみ出してみた。
土のにおいに混じって、どこからともなく、ただようこのにおい……。
「かっ、かっ、鎌田っ！　これはっ!!」
「やっぱり、おまえもそう思うか……」
それは、まぎれもなくあのにおい……人の腐乱したにおいに、他ならなかった。
「もっ、もどろう！　なっ！」
わたしは、あわてて鎌田にいった。
「……そうだな。しかしフクロウはどうす……」
「そんなもなぁ、またいつでも、見にこられるじゃねえかよ！　それよか、このまま進んで、

くさった仏さんにでも出くわしてみろ！　その先なにがあるか、わかったもんじゃねえぞ！」

元々、ここは青木ヶ原樹海。予想はできた事態だが、まさか、こんなにすぐに、〝らしいもの〟に出くわすとは、思ってもみなかった。

「それは非常に困るな。よし、もどるか」

鎌田がいい、そうと決まると、すぐに、いまきた道を引き返すことにした。

その先に、あんなものが待ち受けているとも知らずに……。

なんだか背後から鬼気せまるものを感じ、鎌田とわたしは、ふたりとも妙な汗をかいていた。きたときは、足音を立てまいと、ゆるゆる進んでいたふたりであったが、こうなると、もう、そんなものはどうでもいい。とにかくいまは、一刻も早く、月明かりのあたる場所へ出たい。

ザザアーッ

とつぜんの追い風。たったいままで、まったくの無風状態であったのに、もどると決意した

とたん、ふき始める強い追い風だった。
「お、おい！　なんだかこれって……」
「おう、すんげえ風が出てきたな。とにかく早いとこ、車のところへ……」
わたしが、そういいかけたときだった。

ゴソゴソゴソゴソゴソッ……ワシャワシャワシャ……ゴソゴソッ

我々（われわれ）のすぐうしろから、まるでなにかが、追いすがってくるような音がする。
「うわわっ！　な、なんだっ！」
思わずふたり同時にふり向くと、なにやらわけのわからない大きなかたまりが、ごろごろと身をよじりながら、急速に近付いてくるのが見えた。
「うえーっ！　な、なんかきたーっ!!」
それまで冷静だった鎌田（かまた）が、悲鳴を上げる。
「いや！　ちょ、ちょっと待て！　これって……」

暗視ゴーグルは、色を区別することができない。
いまは動くのをやめ、へなへなと、おしつぶれたそれをよく見ると、なんてことはない、それは一枚のブルーシートだった。
「び、びびった……」
ふたりの口から同時に出た。
ところが、そのブルーシートが、ほんのわずかな時間、そこに留まったことによって、先ほど感じたあの〝におい〟が、強烈に鼻をついてきた。
「うっぷ！　な、なんで……」
わたしの言葉など無視するように、鎌田がとんでもない行動に出た。
「……おい。もしかするとにおいの根源は、このシートじゃねえのか？」
そういうなり、鎌田はおもむろにゴーグルをはずし、ウエストポーチから強力なサーチライトを取り出した。
「おいおい！　なにする気だよ!?」
「これがにおうってことは、事件性ありだろうが！」

「そっ、そっ、そういうことはだな、やっぱり警察の仕事であって……」

わたしの話なんか聞いちゃいない。ガサゴソと特有の音がするシートを、鎌田はなんとか広げてみようと必死になっている。

「ちょっと、だまって見てないで、手伝ったら？」

とにかくものすごい臭気だ。

わたしはしかたなく、いやいやながらも、シートのはしを小さくつまみ、鎌田とは反対の方向へとおし広げた。

その瞬間だった！

ブブウウウウゥゥンン……ンンンンンッ

「うわあっはぁっ!!」

そこからものすごい数の虫が飛散した。それは、いずれも大型のハエのように見える。鎌田が大声でさけんだ。

「こっ、これはサルコっ！　やばいぞ、早くにげろっ！」
「な、なんだよ、サルコって!?」
「いいからっ！　説明はあとだ。とにかく、虫が顔に付かないように気をつけろっ！」
どこをどう走ったか定かではないが、気がつくと、ふたりは遊歩道にたどり着いていた。
「ちょ、ちょっと休ませろよ。水……水」
わたしは、バックパックから、ペットボトルを取り出しながら鎌田を見た。
鎌田はタバコをくゆらしながら、空にうかぶ大きな月をあおぎ見ていた。
人心地がつき、わたしはさっきのことをたずねた。
「なぁ、さっきのサル……なんてったっけか？」
「ニクバエのことだ」
「ニクバエ？」
「一般のハエとはちがい、動物の肉を見つけては、それをむさぼり食い、幼虫を産み落とす。
それは、宿主が生体であるとか、死体であるとかは関係ないんだ」
「うげげげ！」

もうそれ以上は、聞きたくない気分だったが、鎌田はさらに続ける。
「おれは大学で法医学を専攻してたからな。あれは、いやというほど調べたんだよ」
「でもなんで、にげる必要があったんだ？」
「いいか。あのシートは、まちがいなく『人間が包まれていた』ものだ」
「ああ……確かに、おれもそう思う」
「あの発せられていた臭気からして、おそらくかなりの量の『腐敗液』が付着していたはずだ。それを六本の足にこびりつかせたハエだぞ」
「そりゃ、虫もくさくなる……」
どうやら、わたしは的はずれなことをいったらしい。鎌田は少し怒ったようにいった。
「なにいってんだ!?　じょーだんじゃない！　それが顔にでも付いてみろ！　薬品やけどと同じ症状になるんだぞ！」
人間の身体はタンパク質のかたまりである。腐敗が進めば、そこから流れる液体は〝強酸〟となり、表皮をとかし、強い炎症を引き起こす。わたしはすっかりそれを忘れていた。
「とにかく車のところへもどろう」

鎌田がそういって立ち上がり、ふたりで歩き出そうとしたときだった。

ズザザザァァァァァーッ!!

またもや背後から強い風。それに混じって聞き覚えのある音が、どこからか聞こえてくる。

ゴソゴソゴソゴソゴソッ……ワシャワシャワシャ……ゴソゴソッ

その音源を探しつつ、サーチライトを照らすが、どこにもそれらしきものは見あたらない。

ジャリッ、ジャリッ、ジャリッ、ジャリッ……。

ふたりの足音だけが闇にとけこみ、いつしかわたしも鎌田も、無言になっている。

緊張の糸を解こうと、わたしは努めて明るい声で、こう切り出した。

「それにしても、フクロウの姿、見たかったなぁ……」

「じゃあ、引き返すか?」

この場ではじょうだんにもならない、鎌田の言葉を機に、なんとなく場の緊張はほぐれ、話題は、おたがいの車やバイクのことへと変わっていった。

だんだん道幅も広くなり、もう少しで車を置いた空き地に到着しそう……というときだった。

「待て！」

急に鎌田が足を止めた。その理由は、わたしにもすぐに理解できた。

あのにおい……あのにおいがただよってくる。

（すぐうしろに、だれかいる!!）

まるで肺炎にでもかかっているかのような、〝ヒューヒュー〟という、かすれた息づかい。

それがまさに、我々のすぐうしろから聞こえてくる。

それと同時に、先ほどまでただよっていた〝ほのかな〟臭気は、だんだん強くなり、まるでそれが、いままさに、我々の目前にあるかのような感覚に襲われる。

「鎌田……うしろ、見るなよ。いいか、絶対だぞ」

「お、おう」

ジタッ……ジタッ……ジタッジタッ

こちらの足音とはまったくちがう、もうひとつの〝なにか〟が、ほぼ100%まちがいない確率で、うしろから付いてきている。

ライトをにぎった手に、じっとりと汗がにじみ、〝この先どうしたらいいか〟ということで、頭はいっぱいだった。ふたりとも無言で、一歩一歩、足を進める。

そこで、ライトがあたるずっと先に青いなにかが見えた。自分好みのカスタムペイントをほどこした、わたしの車が月明かりの中で光っている。

「お、やっと車が見え……」

わたしがそういったとたん、鎌田が大声でさけびながら、走り出す。車が見えて、張りつめていた糸が切れたようだった。

「うわあああああああああっ!!」

「ちょっ、ちょっと待てって！　鎌田っ!!」

こんな場所に、置いていかれるのがおそろしく、わたしも鎌田を追いかけて走り出した。

鎌田に数秒おくれて、車へたどり着いたわたしは、リモコンキーでドアロックを解除した。

なんとか鎌田を落ち着かせようと、やんわりと声をかける。

「まったくもう……いきなり走り出すから、びっくりしたっ……」

「ばか！　そんなこといいから、早く、車出せっ！」

トランクに荷物をしまおうとするわたしに、鎌田はこわばった表情でどなった。

その瞬間、わたしは背筋を走りぬける、冷ややかなものを感じた。

車の左側にまわりこみ、運転席のドアを開けようとしたときだった。

ゴソゴソゴソゴソゴソッ……ワシャワシャワシャ……ゴソゴソッ

腰がぬけるほどおどろきながら、わたしは、その音のする方を見た。

「う、うわあああああっ!!」

「早く出せっ！　早く早くっ!!」
なんとあのブルーシートが、いつの間にか、車のすぐ横にまでせまっていたのだ。
風に乗ってきた……？
どんなに強い風でも、あのうっそうとしげる森の中を、大きなシートが順調に移動できるとは思えない。
なんとか舗装道路に出た我々は、しばらく走ったところで見つけた自動販売機で、冷たいコーヒーを買った。
「……まいったな」
コーヒーをひと口飲み、深い息をはきながら、わたしはつぶやいた。
「まいったなんてもんじゃない。よりによって、あんなものを見ちまうなんて……」
「まったくだ。まさかブルーシートに追いかけられるとは……」
わたしの言葉を聞いて、鎌田が目を見開いて返す。
「ブルーシートって、おまえ、なにいってんだ!?」
「なにって……なんだよ」

「そうか……おまえは気付かなかったんだな」
「気付かなかった？　おまえこそ、なにいってんだか」
鎌田は意を決したように、わたしに問いかけた。
「おれがあのとき、なぜ走り出したか……知りたいか？」
「いや……いい」
正直、本当に、聞きたくはなかったのだ。
「うしろから付いてきてたのは……女だった」
「やめろっ！」
「それが車にライトがあたった瞬間、ふいっと、こちらに追いついてきて……」
「やめろっていってんだ！」
「右側からおまえの顔を、ぬっと、のぞきこんだんだ！」

そういい終えると、鎌田はその場にしゃがみこんで、おいおいと泣き出した。
もう二度とあの場所へは行きたくない。それは鎌田も同じだろう。

拾ったソファー

二十数年まえのことだ。
友人・篠田の家に集まり、男四人で朝までマージャンを楽しんだ。
そろそろ外は白み出している。みんなで部屋を片付け、わたしは山田とふたりで、ゴミを捨てに出た。
一歩外へ出てみると、きーんと冷えた〝朝まだき〟の空気が心地いい。

ふたり、それぞれゴミぶくろを手にして、篠田の家からほど近い角に設置された、ゴミ捨て場に向かう。
タイミングよくその日が収集日と見えて、前夜から出された家庭ゴミが、相当数置いてある。
「よいしょっと」

持ってきたゴミぶくろを置き、その場を立ち去ろうとするわたしを、不意に山田が呼び止める。

「おっ、ちょっと見てみろよ」

山田は、ゴミにうまるようにして置いてある、なにかを見つけたようだった。

無造作にその上に置かれたふくろをどかすと、下からきれいな革張りのソファーが現れた。

「おお、なんだか高級品っぽいな、これ。全面、革張りだぞ」

山田の声につられて、わたしものぞいてみる。

そこにはまだ捨てるにはもったいないような、きれいなソファーがあった。

「世の中には、変わった人もいるもんだな……」

そんなことを話しながら、篠田の部屋へもどると、山田がさっそくソファーの話をし出した。

「おーっ、ほんとかよ！　ちょうど、ソファー、ほしかったんだ」

篠田がいう。

「廃棄物だぞ」「ゴミの下になってたんだぞ」

わたしと山田でいろいろいうが、篠田は「いいの、いいの」と、まったく聞く耳を持たない。

いまなら、そんなことは絶対にしないだろうが、まださほどお金もない、若者にとって、それを見のがす手はなかった。

こんどは四人でゴミ捨て場にもどり、そのソファーを持ち帰った。

篠田の部屋でじっくりソファーを見てみる。

表面は生成り色の牛革が張られ、別段、いたんでいるところも、こわれているところも見あたらない。どこをどう見ても、捨てるにはおしかった。

ぞうきんをしぼって、篠田はせっせとソファーをふいている。

(本人がいいなら、まあ、いいか……)

と他の三人も、それ以上、もうなにもいわなかった。

ソファーをふき終え、篠田はご満悦な顔で、さっそく腰かけている。

わたしも篠田の横に腰を下ろしてみる。

本革特有の〝ギシッ〟という感覚がおしりに伝わる。そのときだった。

「おい、なんかくさくねえ?」

山田の言葉に、全員でクンクンと鼻を鳴らす。

「ほんとだ。なんか……タマネギみたいな……」

実はソファーを運んでいるときから、わたしはそれを感じてはいた。だがそれ以上のことはなかったため、あえて口に出さずにいた。

考えてみれば、元々ゴミ捨て場に置かれていたわけで、なんのにおいがしても、まったく不思議ではない。

窓から見ると、外は完全に明るくなっている。

その日は解散となり、わたしは自分の車で、自宅へ向かった。

「んっ？　な、なんだこのにおい!?」

走り出してすぐに、車内に充満する異臭に気付いて、わたしはひとり、声を上げた。

まさしく、先ほど篠田の家でかいだものと、同じにおいだ。

車を路肩に寄せて停め、わたしは急いで窓を開けると、ズボンやシャツに〝においの根源〟が付いていないか確認する。

しかし、それらしい、あやしいなにかを見つけることはできなかった。
自宅に着くころには、車内にただよっていたにおいも消え、別段気にすることもなく、それから数日が経過した。

その日は夕方から、山田の家でなべをごちそうになっていた。
メンバーは、先日集まった、篠田以外の三人。
男ばかりの食卓で、下世話な話に花がさいたころだった。
「あれ？」
なべの煮立ち具合が弱くなり、コンロの火が消えた。
「ありゃりゃ、ガス終わったか？　ちょっと待っててな。えーと……確か予備のボンベが……」
そういいながら、山田が流しの下をごそごそと探す。やっと見つけ出したカセットを、コンロにセットする。
ガチッガチッ……ガチッガチッ！

「なんなんだ、おいー、今度は火がつかねえよ」
その瞬間、その場にいた全員がとっさに口をおさえ、顔を見合わせた。
山田が点火にとまどい、なんどもコックをひねったせいで、もれ出したガス。
それこそが数日まえ、篠田の家でかいだ〝タマネギ臭〟だったのだ。
三人全員がなにをいいたいかは、すぐにわかった。
「100%同じじゃないんだよな。でもにおいの系統は同じだな……」
山田の言葉に、みんながうなずいた。

その晩は、山田の家に泊まることになった。
夜もふけたころには、あたり構わず、三人ともごろごろと寝転がり出した。
当然わたしも横になる。
常夜灯がまぶしい。なぜだかそう感じた。
それでもじっと目をつぶっていたが、足の先にしびれを感じ、はっとした。
(こ、これは……金縛りの前兆か……?)

そう思った瞬間、そのしびれが一気に全身に広がり、まったく身動きがきかない状態になった。

しかもそれは、過去になんどとなく経験したものとは、あきらかにちがう、あるひとつの〝音〟をともなっていた。

シュ――――――――――ッ

同時に、かぎ覚えのある臭気が鼻を刺激した。身の危険を察知する、動物的〝勘〟ともいえるなにかが、心臓をわしづかみにする。依然として、金縛りからは解放されずにいた。

ここで、わたしは、閉じたまぶたを通して、ある映像が見えていることに気付いた。

先ほど我々が食事をしたリビング。

大きめのテーブルがあり、上には片付けられていないなべが、置かれたままになっている。

そこに置かれた木製のいすに……女が座っている。

体をななめにし、その方向に向け、さらに顔を大きくかたむけているのだが、それが超絶不

気味な表情をしている。

（だ、だれだ、あれ！）

心の中でさけぶように、わたしがそう思った瞬間、女が動いた。

「ゆっくりと立ち上がった」とか、「ふり向いた」などという、おだやかな動きではない。

スドドドンッ!!

という大音響を立てて、女はものすごい勢いで、いすからすべり落ちた。

床に落ちたとたん、まるで高いところから落とした〝もち〟のように、べっちゃりと床に張り付き、うずうずと細かくふるえている。

（うわああっ！　こっちへ向かってくる！）

瞬間的にそう察したわたしは、渾身の力をこめて金縛りを解こうといどんだが、解けかかってはまたおちいり、解けかかってはおちいりを、くり返すのみだった。

見たくないのに〝見えてしまう〟というのは、なににもたとえ難い苦痛である。

視線の先にある〝もち〟は、いつしか元の〝女〟の厚みを取りもどして、おかしな屈伸運動をくり返すようにうごめいている。

次の瞬間だった。

「うあああああ……ぁぁぁぁ」

ひときわ大きなあくびがひびく。山田の声だった。

それを機に、一気に金縛りが解け、わたしは、すぐさま立ち上がって、部屋の電気を点けた。

かべのスイッチを操作してふり返ると、なんと他のふたりも起きている。

「どうした？」

「おまえこそどうした？」

わたしは、おそるおそる、いま見たことをふたりに話して聞かせた。

「実は、おれも、いま同じようなものを見ていた。だが少しちがっている」

なにがちがうのか、わたしはたずねたあと、山田の答えを聞いて、質問したことを後悔した。

「いすにもたれかかっていた女は、やにわに立ち上がり、まるで特撮映画のように瞬間移動し

た」

そして山田はこう続けた。

「それでおまえのそばに立ち、じっと見下ろしていたよ」

女のことが釈然としないままだったが、一週間後、山田からきた連絡で、少しずつそれは形を現し始める。

「このあいだ、篠田んとこに運びこんだソファーな、出所が判明した」

それは、篠田からの電話で知ったのだという。

例の革張りソファーを拾った数日まえ、あのゴミ捨て場のすぐ近くに住む女性が、自室でガス自殺をしていたという。

遺族が部屋を片付けにきた際、家財道具のほとんどは持ち帰ったのだが、「どうしてもこのソファーだけは……」と、粗大ゴミとして、あの場所に出しておいたらしい。

〝どうしてもこのソファーだけは……〟

遺族が持ち帰ることを、かたくなにこばんだその理由。

それは、あのソファーが、彼女が選んだ〝最期の場所〟だったからに他ならない。
あのときの、くさったタマネギ臭……。
あれはまさしく、そこにことごとく染みこんだ、ガスのにおいだった。

それを知った篠田は、もちろん、すぐにソファーを廃棄した。
以来、あやしいことは起こらなくなった。

地蔵

数年まえの夏、京都で開催された、あるイベントからもどり、わたしは数日ぶりにパソコンを開いた。

メールボックスを見ると、めずらしい男からメッセージが入っている。

さっそくメールを開き、目を通したとたん〝ジョリッ〟という、まるで背中を軽石で強くこすられたような感覚を受け、わたしは飛び上がった。

メールには、こんなことが書いてあった。

〝つい先日、車をバックさせていて、お地蔵さんをたおしちまった。それ以来、毎晩、金縛りにおちいり、満足に寝付くことができない。なにかいい対処法はないものだろうか〟

〝ないね〟

わたしは小意地の悪さを発揮して、たったひとこと、返してやった。
送信ボタンをクリックして十秒後、ものすごい勢いで、電話がかかってきた。
「たぁのぉむぅよぉ！　まじで困ってんだからよぉ」
「そんなのたおしたおまえが悪い！　存分にたたられんかい！」
「そんなこと、いうなよぉ」
彼の反応がおもしろかったので、わたしは、その後の経過を観察することにした。

二日後、彼からまた電話がかかってきた。
「変な夢を見た。真っ暗ないなか道を歩いてると、目のまえに六人の坊さんが現れたんだ。手に持った錫杖をふり回して、わけわかんねえ呪文をとなえ出すんだが……」
「……だが？」
「いつの間にか、おれのとなりにもうひとりいて、坊さんたちは、そいつをむりやり、連れて行こうとする」
「ほう……で？」

「そのだれかってのが……おまえなんだよな」
「おいおいおいーっ！」
こうなると、高みの見物というわけにもいかなかった。

翌朝、早くから起き出して、シャワーを浴びているときだった。
「あいたっ！」
背中に強烈なひりひりを感じて、おどろいて鏡で見てみる。
うっすらと湯気でくもった中に、赤みを帯びた背中が見える。
「あ……あのとき感じた……あれか？」

その晩、彼がいっていたと思われる坊さんが、わたしの寝床に現れた。
「……東に向かわねば……」
ひとこと、坊さんはそういった。
わたしは、それで、ことのあらましを理解した。

彼はまちがってしまったのだ。
地蔵をたおしたことに気を取られ、本来あったのとは、ちがう向きに立てて、にげ帰った。
「確かに、向きなんか気にしないで、とにかく立ててきた……」
彼に伝えると、思った通りだった。
翌日、わたしも彼といっしょにその地を訪れ、供物と水を置いて、手を合わせ帰宅した。
その後の彼の経過は定かではないが、なにもいってこないところをみると、少なくとも「ごめんなさい」は通じたのだろう。
そう願うばかりだ。

事故

札幌というのは実にめぐまれた土地で、ちょっと足をのばせば、海・山・川・湖があり、ドライブ先にこと欠くことはない。

これはそのうち、ある湖へ行ったときに遭遇した話だ。

札幌の中心街から、小一時間ほど走ったところに、支笏湖という湖がある。

非常に透明度が高く、対岸の彼方には〝樽前山〟を望むことができる、一大観光名所だ。

しかし、夜ともなれば、周遊道路づたいに、点在する水銀灯が逆にさびしく、入水自殺をする者もあとを絶たない。地元では、数々の〝話〟を有することにおいても、一大スポットになっている。

今回の話は、支笏湖には直接、関係はないが、その帰りに起こった怪異をまとめたものだ。

深夜十二時ごろのことだ。
五台の車に分乗したわたしたちは、札幌からその湖畔に向け、車を走らせていた。
湖の駐車場に着いたわたしたちは、缶コーヒーを飲みながら、男同士のくだらない話に花をさかせていた。
時代はパーソナル無線の全盛期。今日ここに集まったみんなも、そんなつながりだった。
夜の湖も見終わり、話もつきたところで新迫がいった。
「そろそろ、かえっかぁ……」
木下が聞く。
「どっち回りで帰る?」
この〝どっち回り〟というのは、いまきた真駒内方面へ引き返すか、恵庭方面へ向かう別ルートで帰るかという意味だ。
恵庭方面に向かえば遠回りにはなるものの、いましばらくドライブを楽しむことができる。
わたしたちは満場一致で、恵庭回りの別ルートを選択した。

わたしの車を先頭に、曲がりくねった夜道を、五台が軽快に飛ばしていく。
しばらく走ると、ぽつぽつと沿道に民家が現れ出し、さびしさもいくらかうすれてくる。
行く手の見上げるほど高いところに、高速道路の橋脚が見えてきた。
そのとき、無線から新迫の声が聞こえた。
「おい！　なんだありゃ!?」
高速道路の橋桁を支える太い橋脚に、車が一台、張り付いている。
そのかたわらで、運転手らしき男性が、頭をかかえて座りこんでいるのが見えた。
「事故だ！」
わたしはさけび、車をわきに寄せる。あとに続く車も路肩に停まり、全員がその男性にかけ寄る。
「ひどい出血だ！　あんただいじょうぶかい？　救急車は？」
木下が男性に声をかけた。
「まだ、呼んでないんです……」
なにぶん、携帯電話などない時代である。

「あんた、ひとりかい？」
仲間のひとり、工藤も男性に聞いた。すると、梅原が工藤を引っ張って止めた。
「いいから！」
「いいからって、なによ？」
梅原は小さく指で×を作って、工藤に示した。
先に事故車を見に行っていた梅原は、助手席で息絶えている女性を確認していたのだ。
梅原が小声でささやく。
「頭……なかったわ……」
それを聞いたわたしの体は、小刻みにふるえ出していた。
「とにかく救急車、呼ぶべっ!!　だれかとつながらんか、無線！」
新迫の問いに工藤が答える。
「いまやってみたけど、ぜんぜんだめだわ！」
「公衆電話探す方が早いって！」
そういってわたしは、上り・下りのふた手に分かれて、公衆電話を探しに行くよう、みんな

にいった。どちらか先に見つけた方が、無線でそれを連絡する手はずになっていた。
「お！　あったぞ！」
公衆電話を見つけた新迫が、すぐさま車を降りて電話をかけに行く。
わたしは車の中からそれを見守っていた。
「すぐくるっていってた！」
ほどなくもどってきた新迫がいう。

当然のことなのだが、新迫のその言葉を聞いて、なぜか無性にほっとしたことを、いまでも覚えている。
救急車を呼べたことを、無線で先に進んだグループに伝える。
現場にもどると、反対方向へと向かった数台は、先にもどってきていた。
ところが、さっきまで縁石にへたりこんでいた、男性の姿が見あたらない。
「あれ？　ここに座ってた男……どうしたのよ？」
わたしは先についていた仲間たちに聞いた。

「車の中じゃないか？」
工藤がいうのを聞いて、みんなでそのつぶれた車をのぞきに行く。
そこには、見覚えのあるボーダーシャツ……。
しかし、ついさっき、みんなが話をしたのとは、あきらかにちがう光景があった。
そこには、体をハンドルとシートの間にはさまれ、頭を陥没させて、息絶えていた〝彼〟の姿があった。
彼女を助けようと、必死だった彼の思いが我々を呼んだのだろうか。

虫の声

「ここへねぇ、ここへ車を置かれちゃ困るのよ」

わたしたちはある雑誌の取材のため、北国にある一軒の幽霊屋敷を訪れていた。

その家は国道からはずれた農道のわきにあり、その道を行き交う車もまばらだった。

駐車スペースがないため、乗りつけた車を、屋敷のすぐむかいにある、空きスペースに置いたのだが、どうやらそこは他人の所有地だったと見える。

そこから少しおくまったところにある家から出てきた、年配の女性が、困惑した表情で我々にいった。

「すみません。すぐに終わりますので、少しの間、置かせていただけませんか」

スタッフのひとりが、女性にたのみこむ。

「もしかして、あんたたち、そこの家を取材しにきたの？」
「え、ええ……まあ」
「そこはね、やめといた方がいいよぉ。あとが、こわいからね」
「えっ！　や、やはり、なにか、そういった現象があるんでしょうか？」
我々にしてみれば、願ってもない取材ターゲットである。
「そこはね、ちょっと変な人たちがね……ちょくちょく出入りしてるのよ」
「変な……人たち、ですか？」
「そうよぉ。あんなのにかかわりあったら、いいことないからね。昨日だってほら……聞こえるでしょう？」
そういうと女性はいったんだまり、耳をすますような仕草をする。
「なぁに、あんたたち、あれが聞こえないの？　耳、だいじょうぶ？」
我々も耳をすますが、聞こえてくるのは、コオロギの鳴き声だけだった。
「ほらほら！　コロコロコロ……チリチリチリ……って鳴ってるでしょう？」
「え？　いや、あれは虫の声で……」

スタッフの言葉をさえぎって、女性は少し声をあらげていった。
「なにいってんの！　ちがうわよ！　あれはね、ゆうべ、男たちがきて、そこらじゅうに変な機械を置いていったのよ！」
「……変な機械ですか」
たまらず、わたしも口を開いた。
「まぁ、とにかくね。とっとと帰んなさいよ。またあの男たちがきたら、大変だからね」
そうはき捨てると、女性は、自分の家の方へと歩いて行ってしまった。

「なんだよ機械って……」
「まぁいいや、とにかく写真とって、内部の見取り図描いたら、こんなとこ、さっさと引きあげようや」
スタッフにわたしが答える。それから我々は女性のことなど気にせず、農道をわたって、問題の屋敷へと足をふみ入れた。

その屋敷に住んでいた女性は、金品をうばわれた上、殺されてしまった。犯人はその後、女性の遺体を二階に運び、わざわざ天井板をぶちぬいて、梁からなわを下げてつるした。

元々身寄りがなく、近所付き合いもなかった女性は、一年以上、発見されなかったという。

その後、屋敷周辺で怪異が頻発し出し、市の職員が立ち入り調査をしたときにも、極端な〝霊障〟が起こったらしい。

〝霊障〟というのは、霊につかれたり、たたられたりすることが原因で、体調や人間関係などが悪くなることをいう。

時刻は二十三時を少し回ったあたり。

大きめの懐中電灯をそれぞれが持ち、おそるおそる玄関のドアを開ける。

内部は、古さは目立つものの、人にあらされた形跡はなく、土足で歩くことがなんとなく、ためらわれるほどだった。

広めに造られた玄関からは、いくつかのドアが見え、左からトイレ、風呂場、小さめの部屋、そしていちばん右は居間へと続いていた。

「なんだかさ、和洋が変に折衷になってるな。一貫性がないっていうか……」
「そうそう。なんかこう、無理に洋風を取り入れちゃった……みたいな感じな」
他人の家に対して、勝手なことをいいながら、我々は居間へ続くドアを開けた。
瞬間的にただよってくるカビのにおいと湿気……。と同時に、なんともいい知れぬ不安感が、そこにはあった。
「うわあ、ここは……なんだか『生きてる』空間だなぁ」
スタッフのひとりが、ぼそりといった。
「うん。ここはさっさと流して、おくへ行こう」
わたしはスタッフに急ぐよう、うながした。
なんどか書いているが、わたしは元来臆病だし、心霊スポットなどには、仕事以外、自分から積極的に行くことはしない。できれば、この屋敷も一分でも早く、おいとましたいと思っていた。
居間のおく手には、ぴったりと閉め切られたふすまがあり、それはまるで侵入者をこばむかのようなたたずまいを見せている。

「いいか？　開けるぞ」
わたしがそういうと、だれかののどが、ゴクリと鳴ったのがわかった。
家自体の建て付けがいいのだろうか。
経年劣化を感じさせないような、するするとよく走る、小気味いいふすまのすべりだった。
しかし、足をふみ入れたそこには、古くなって全体にふくらんだたたみが見えた。
そして、そこはかとなくただよう……そう、これは……線香の香り。
「おい。このにおいって、せ……」
「いいからっ！　……ここはだまってろ」
ひとりのスタッフがいいかけた〝決定打〟を、わたしは打ち消した。
いまそれをだれかが認めると、きっとみんなパニックになる。だから、そんなわかりきったことは、とにかくだまっていてほしかった。
歩を進めるたび、たたみが〝ムシッムシッ〟と音を立ててしずみこむ。
「ああ！　あああぁぁはぁ！　だめだよ、これはだめだぁ！」
とつぜん、別のスタッフが、なかば泣きそうな声を上げた。

彼が持ったライトが、一点を照らし出している。
仏壇。
しかもそれは開いていて、そこに一本だけ線香が上がっている。
それが、いま、まさに火を点けたばかりという感じで、紫色の煙を立ち上らせている。
「い、いったい、だれが火を……」
カメラを持ったスタッフが、カシャカシャと撮影する。
フラッシュが、目のまえにある仏壇を照らし出す。
「よし。この先に部屋はないみたいだ。上の階へ上ろう」
元の状態のようにふすまを閉め、いったん玄関へと移動するが、いまになって思えば、このときがいちばんこわかったように思う。
玄関ホールへやってきた一行は、左側に設置された木の階段を上り出した。

一段ふむたびに、〝うぎぃぃぃぎゅぃぃぃ〟と、ふみ板が音を立てる。
全員が二階に到達するのを待って、長めに造られたろうかを歩き出す。
「このいちばんおくの部屋だって、いってたよね？　まちがいない？」
スタッフのひとりが、問題の部屋の位置を、別のスタッフに確認する。
「ああ、それは確かだ。とにかくドアを開けると、梁をはさむ形で、天井板が二枚ぬけてる……と」
「それを撮ったら終わりでいいよな？　な？」
わたしはスタッフに確認した。
「ああ、もう十分だよ。ああ、もう早く帰りてえ」
わたし以外の全員も同じ気持ちだった。

ろうかのかべには窓があり、外の景色がよく見える。
少しはなれた場所に、我々が乗ってきた車が見える。
「なぁ、すごくむしむしするな。ちょっと窓、開けようか」

そういってスタッフが、窓を開けた次の瞬間。

アハハハハハハハハハハァ!!

心臓が止まりそうになった。

思わず声がした方を見ると、先ほどのあの女性だ。

いつの間にか、我々がいる屋敷のすぐそばまできていて、なにがおもしろいのか、こっちを指さしながらゲラゲラと笑っている。

ほらほらほら！　そこそこ！　そこよぉぉぉぉぉ！　その部屋だってえええ！

「な、なぁに、おばあちゃん！　なにがそこ……」

だぁかぁらぁ！　あんたたちのうぅしぃろっ！　ほらあっ！

心臓が早鐘のように鳴動し、わたしの頭はいまにも卒中でも起こしそうだった。

「おい。なんか、あの婆さん、変じゃねえか!?」

スタッフの言葉を聞いて、女性をよく見てみると、今度は下を向いて、なにかブツブツいっている。

「おばあちゃん！　だ、だいじょうぶですか？」

わたしがこう、声をかけたときだった。

おまえらが悪いんだ！　おまえらさえこなければぁぁぁぁぁぁぁ！

そうさけんだかと思うと、女性は、屋敷の玄関目がけて走り出した！

「うわっ！　こっちくるぞ!!」

「なんか、やべえって！」

「その部屋入れ！　早くっ!!」

目のまえには〝問題の部屋〟があり、死にものぐるいでドアノブをつかむと、スタッフ全員、一気にそこへなだれこんだ。

バターン！

……ガッガッガッガッガッガッガッガッ

女性がなにかいいながら、ものすごい勢いで、階段を駆け上がってくる音がする。

どうしてまたきたんだ！　なにが必要なんだ！　ウアエエエエエエエエッ！

ほどなく我々がいる部屋のまえまでたどり着き、必死にドアを開けようとする。

しかし、こちらも中から、大の男がふたりがかりでノブを必死につかんでいるため、ドアが開くことはなかった。

あぁけぇれぇぇぇぇぇぇ！　ウエエエエエエエエッ！
ドンドンドンドンッ！

「お、おい！　なんだよこれ！　ドッ、ドア全体が、いや部屋全体が鳴ってるぞ!!」
ノブをおさえているスタッフがさけぶ。
「とにかくはなすな！　こっ、殺される!!」
もうひとりがいったところで、部屋全体に伝わっていた鳴動が、ぴたりと止んだ。
「と、止まった。帰ったのか……」
「いや、そんなはずはない！　階段下りていく音……だれか聞いたか？」
ドアをおさえていたふたりが、わたしに聞く。
「ま、まだ、ドアのまえにいるってのかよ？　だったら出て行って……」
ドアを開けようとするスタッフを、わたしは止めた。
「待て待て！　いくらなんでも、婆さん、ぶっ飛ばしちゃうわけには、いかないんだからさ」
結局、どうしていいかわからず、不気味な静けさの中で、じっとしていた。

それから、ものの十分もたっただろうか。
わたしは意を決して、ドアのむこうに、いまでもいるであろう女性に、語りかけてみた。
「おばあちゃん。聞こえますか？　おばあちゃん？」
返事はない。
「あの、ぼくたちもう帰ります。ま、まだ仕事残ってるし……ははは」
やはり返事はない。
「やっぱり、もういないんだよ。ちょっと開けてみろ、そこ」
スタッフがうながす。
「おばあちゃん？　……いまからドア……開けますよぉ」
ノブを持つわたしの手に、汗がにじむ。
〝ガチッ〟と音がして、ドアが外側へ開いていく。
「ちょっと待て！」
とつぜんスタッフがわたしを止めた。
「な、なんだよ！」

「もし婆さんが、さっきの勢いでおそいかかってきたら……」
「だいじょうぶ！　もういねえって！」

案の定、そこに女性の姿はなかった。
「はああ……よかったぁ」
いっせいに、みんなの口から安堵の声がもれる。
全員で部屋の中に置いた撮影機材を持ち、ろうかへ出ようとしたときだった。
「おい。ちょっと……あれ」
スタッフがライトを向けた先は天井。そこに、ぽっかりと空いた、ふたつの大きな穴。
「うわわ！」

そこからは周囲を気にしつつも、全員が早歩きで屋敷を脱出し、なんとか車のところまでもどってくることができた。
「おい！　早くしろ！　さっきの婆さん、絶対、まだそのへんにいるぞ！」

大急ぎで車に乗りこみ、あたふたと現場をあとにした。

数日後。

その取材を依頼された出版社の担当者から、わたしに電話があった。

「いやあ、この間はおつかれさん！　まったくまいったね」

「まいったどころじゃないっすよ！」

「実はさ……社内でこの間のことが、少々問題視されててさ……」

神妙な声で担当者が続ける。

「地元の人に迷惑をかけた……ってことでね……」

「そんなっ！　こっちは、あんなおそろしい目に、あわされたってのに！」

どう考えても、あの女性の態度は尋常ではなかった。それを我々の方が問題とされるのは、少々納得がいかなかった。

「うん、それが、あの場にいた人間にしか、わからないんだよな……。おおげさにいってるんじゃないかとか、現場が現場だけに、恐怖心が倍増してたんだろう……とか、いろいろ挙がっ

てな」
「……そんな」
わたしはそれ以上、なにもいう気がしなかった。
「それでな、いまからあの現場に行って、その婆さんに、謝罪してくるってことになってさ」
結局、担当者が謝罪に向かったのだが、そこでとんでもないことが判明した。
謝罪に行った足で、その日の夕方、担当者がうちを訪ねてきた。
「……まいった。いやあ、まいったよ……」
「なになに？　またおそわれた？」
わたしは冗談ごかして、笑いながらいった。しかし彼の顔に笑みはない。
「冗談じゃすまないんだ！　茶化さないで聞いてくれ……」
「な、なんだよ」
「あれからすぐに、あの例の家へ行ったんだ。ちゃんと謝ろうと、立派な菓子折り持ってさ。ところがな、着いてみたら、いないんだ」

「留守だったってこと？」
「ちがうっ！　……だれも住んでないんだ。あの家」
「なんだって？　じゃあ、あの婆さん、勝手に入りこんで……」
「いいからっ！　だまって最後まで聞いてくれ！　近くに小さな酒屋を見つけたんで、そこに入っていって、店のおやじにたずねたんだが……とんでもないことがわかった……」
彼はひと呼吸ついて、続けた。
「あの家で殺された女性は、七十歳手まえくらいの、背の小さな人で、『虫の声を妙に気にする』変人だったそうだ」
「なっ!!」
わたしの頭が真っ白になっていく。
「……しかもだ」
彼の話には、まだ続きがあった。わたしはゴクリと息をのんだ。
「あのむかいの……婆さんが住んでるっていってたあの家、あそこも、婆さんの持ち物だったんだよ……」

わしゃわしゃ

ある日のことだ。

現在、取りかかっている車に装着する、高精度なアルミパーツを発注するため、わたしは関東のある工場を訪ねた。元々この工場とのつながりは、バイクの部品を、ワンオフ製作してもらったことがきっかけだった。ワンオフというのは、オーダーメードのこと。いまではすっかり、ここの社長とも〝つうかあの仲〟になっている。

わたしが手描きした、もうしわけないほど、つたない図面を見せ、口頭で説明を補足する。

「ここの角を二十三度、落としつつ微妙に面取りを……」

しかし社長もだまって聞いてはいない。

「またそれかよ！　いいじゃん角が立ってたって。みがきは、しっかりかけるんだからさ！」

「それはだめ。見た目がやぼったくなるだろ！」

わたしの車だ。負けてはいられない。
「ったくもう。変なとこに、きちょうめんなんだよな、おまえ……」

〝わしゃわしゃわしゃわしゃ〟

社長の言葉にかぶって、わたしの耳は妙な音をとらえた。
「どうした？」
一瞬、くもったわたしの顔を見て、社長がたずねる。
「えっ、いや、いまなにか『わしゃわしゃ』って……」
「……なにも聞こえんぞ」
確かに、もう妙な音は消えていた。
「あ、ああ、そうだな」
「まぁ、とにかくやってみるよ。でも少し時間くれよ」

〝わしゃわしゃわしゃわしゃっ〟

「い、いまのは聞こえたよな！」

「き・こ・え・な・いっ！」

わたしの耳には、はっきり聞こえているのに、社長には聞こえていないらしい。

「だってあんなにはっきり……」

「おれはおまえとちがって、オカルトマニアじゃねえから、そんなことには無縁なの。一応、外がけずれたら連絡するから、それまでに、プーリーとベルトの負荷割合を出しといてくれ」

プーリーというのは、エンジンをかけると回転する車軸のことだ。

わたしはあの妙な音のことが気にかかり、社長の言葉にあいまいに返事をして、その場をあとにした。

（あの音……以前もどこかで聞いたことが……）

決して優秀ではない記憶回路をフル回転させる。すると、ある体験がゆっくりと頭をもたげ出した。

それは、都内のある坂道で出くわした、えもいわれぬ怪異だった。
（あのとき背後から聞こえた、レジぶくろが風にあおられるような音……。あれとそっくりだったが……まさかな……）
自分を説きふせるようにして、車に乗りこんで、エンジンキーをひねった。
いままでに、なんども使ったことのある国道をひた走り、高速道路のインターを目指す。
なんだろう。
妙に落ち着かない。
変にそわそわとうき足立ち、いても立ってもいられない。
全身に鳥肌が立つ。

ちょうどそのときだった。
左手に、大きな神社が見えた。
いままでは気にとめたこともない神社だったが、近付くにつれ、それが毘沙門天であること

がわかった。毘沙門天は、仏教で持国天、増長天、広目天とともに四天王に数えられる武神である。毘沙門天を本尊にするのはお寺が多く、神社というのはめずらしい。

（おお、毘沙門の神様！　ちょっと寄らせていただこう）

駐車場に車を停め、わたしは急いで参道へと向かった。

しめなわが巻かれた、大きな御神木が目にとまる。

（大きなイチョウだな……）

そう思って、通りすがりに、さり気なくわたしは幹に手をふれた。

その瞬間、それまでの緊張感が一気にふき飛び、入れかわるようにして、清々しく晴れわたるような清涼感に満たされた。

瞬間的に、なにかが〝落ちた〟とわたしは確信した。

参道を進み、お社にたどり着く。

財布を開き、目もやらずにおさい銭をつかみ出して、音を立てないよう、静かに献上する。

二礼二拍手一拝したあと、日々の平穏と正常に感謝して、これからの安全を祈らせていただ

いた。

いったん気を整え、足をふんばるように立ち直し、お社の中央に気を集中させる。

そのとたん、〝ズオオオオオオオッ〟という強大な気を感じた。

車の中で感じたものとは、まったく異質な鳥肌が、全身にわき立つ。

いままでになんどもいただいた、毘沙門の神様特有の、力に満ちあふれた御神威だった。実に神々しい気持ちになれる。

「やっぱり寄せていただいてよかった」

そうひとりごちながら石段を下り、もときた参道をもどりかけた。

ふと見ると、立ち並ぶ大木のむこうに小さな建物を発見した。

かべには〝御手洗〟の三文字。

(まだ先は長いからな。ちょっと借りていくか……)

近付いてはみたものの、中にはクモの巣が張りまくっている。

(ふだんは使う人がいなそうだな……)

そう思いながら、入り口のとびらを開けた瞬間。

わしゃわしゃわしゃわしゃっ!!

「うわあああああっ!!」

なにか得体の知れない黒く、もさもさしたものが、例のあの音をさせながら、左側の個室へと駆けこむのが見えた。

うす暗い便所に、あの音に、あの風貌である。

三拍子そろった〝コワイモノ〟をまえに、わたしが軽く腰をぬかしたことはいうまでもない。

あれがなんだったのか。

なぜあの工場にいて、それが神社まで付いてきたのか。

そしてなぜ、あのタイミングで、わたしのまえに現れたのか。

すべてがなぞのままだ。

上から見てる

まだわたしが二十代のころ、三十年近くまえの話だ。

「たまには、すずみがてらこっちへこいよ。おまえの好きなものもあるし、仲間集めて、一ぱいやろう！」

北関東に住む友人の羽鳥から、電話があった。

〝おまえの好きなもの〟というのが、なんとなく引っかかったが、〝一ぱいやろう〟に釣られてしまったわたしだ。

さっそく身じたくをして、羽鳥の家に向かう。

練馬インターから関越自動車道に乗り、一時間ちょっとのドライブだ。

到着してみると、羽鳥の家のまえにわらわらと、大勢人が集まっている。その雰囲気から、

よからぬ相談をくり広げているのは一目瞭然だった。
「まぁた、なに、たくらんでんだよ？」
「おうっ中村、きたか。いやいや、電話でいったろ？　おまえの好きな例のあれだ」
羽鳥がいつものように調子よくいった。
「だから、そのおれが『好きな』ってのが、気になってだな……」
「おまえが好きっていったら、あれしかないじゃん！　ほれ！　心霊スポット」
やはりだ。いやな予感が的中した。
羽鳥は完全に勘ちがいしている。わたしはひんぱんに、見たり聞いたりはするが、そういうたぐいの場所には、自分からは絶対に近付かないことにしているのだ。
しかし、目のまえでは、すでに数人の男女が、いく気満々でもり上がっている。
いまさら、どうこういえる状況ではなかった。
「まったく、しょうがねえなぁ！　いっとくが、おれは車から降りねえからな」
わたしはしぶしぶ、車に乗りこんだ。

五台ほどの車列はどんどん進み、ほどなくしてある山道を登り出した。
しばらく曲がりくねった道をくねくねと行くと、とつぜん、開けた空間にたどり着いた。
「なんだ、ここ？」
「まあまあ、いいから。ちょっといっしょにきてみ！」
わたしの質問には答えてくれず、羽鳥は車を降りると、すたすたと歩き出した。
羽鳥以外の連中も、みな地元の人間らしく、このへんの地理にも明るいようだった。
手に手に懐中電灯を持ち、音ひとつしない真っ暗な空間を、ひたすら歩いていく。
周囲を見わたすと、街灯らしきものが、いくぶん確認できたが、いまは点灯していなかった。

かれこれ十分も歩いただろうか。
一行が進む先に、白くうき上がる、塔のようなものが見えてきた。
「なにあれ？　なにかの記念塔か？」
すかさずわたしは聞いてみた。
「あそこが目的地だよ。上が展望室になってるんだ」

塔の真下に着いてみると、遠くからの見た目よりも、かなり大きなものだということがわかった。

「さて……と。じゃあ、すずみがてら登ろうか。ところで、おまえたちはどうする？」

その場には、総勢十七、八人もいただろうか。

その内、女性が五人ほどいて、羽鳥は彼女たちに向かって聞いた。

「あたしたちは、下で待ってるわ」

すると、その女の子たちの彼氏も残るといい出した。わたしも残りたかったのに、羽鳥につかまれ、結局、わたしを入れて、七、八人が登ることとなった。

塔の中に入る。

内部は、ほぼがらんどうで、ずっと上まで続く、らせん階段が見える。

階段のとちゅうとちゅうに、一メートル四方の窓があるが、ガラスははめこまれていなかった。

「ふうう、この中、あっちいなぁ！　ぜんぜん『すずみがてら』じゃ、ねえじゃねえか！」

「……すまん。確かに暑いわ、これは」

わたしは羽鳥に文句をいいながら、階段を登り、やっとのことで頂上にたどり着いた。

そこは円形に床が作ってあり、周囲を一望できるようにと、ぐるっと窓がいくつか開けられている。

さらに三、四メートルほど上の部分にも、明かり取り用の窓があったが、脚立でもない限り、その窓から外を見ることはできなかった。

窓から身を乗り出し、下で待つ仲間に、羽鳥が手をふる。

わたしも、となりの窓からのぞいてみる。遠くに、街の明かりが、かすかにまたたいているのが見えるが、〝夜景〟と呼べるような代物ではなかった。

「夜風が気持ちいいや」

わたしが、そうつぶやいたときだった。

「うわわっ！　なんだあれーっ!!」

「ギャーッ!!」

いきなり下から、闇をつんざくような悲鳴が上がった。

「お、おまえらっ!! は、はやくっ! はやくっ!」

下にいるだれかが、さけぶようにいった。

「なんだよ! なにがはやくだよっ!」

羽鳥がさけび返すが、下の連中には聞こえていないようだ。

「やっべえおっかねぇ、なんだよあれ! にげろにげろっ!!」

そういうが早いか、こぞって、きた方向へと走り去っていくのが見える。

「なんだあいつら! へたな芝居打って、おどかそうったって、そうはいかねえよな。ははは」

羽鳥は笑っていたが、わたしは、尋常ではない、あのあわてぶりが芝居だとは、どうしても思えなかった。

「と、とにかく、おれたちも下りようか……」

羽鳥が声をかける。みんな、精いっぱいの落ち着きを装ってはいるが、動揺の色をかくすことはできずにいた。

そして階段を少し下ったときだった。

スパーンッ!!

その音は、さっきまで我々がいた、頂上付近から大きくひびきわたった。

ペタペタペタペタペタッ

続いて、階段を急ぎ足で下りてくるような、足音が背後から聞こえてきた。

「だ、だれか下りてきた！　なんかきたぞーっ!!」

最後尾にいる仲間の声が、塔内にひびく。

「うわああああああああっ!!」

口々にさけびながら、ほとんど転がるようにして、地上にたどり着いた我々は、車へ向けて全速力で走り出した。

するとまえから、さっきにげ出したはずの一団が、こちらに向かって駆けてくるのが見えた。

「どうした!! おまえらなんで、にげな……」

羽鳥の言葉をさえぎって、一団のひとりがいった。

「それどこじゃねえ! おっ、おれの車に、知らねえ女が乗ってる!!」

それから、どうやってもどったのかは、もう覚えていない。

羽鳥の家にもどったときには、全員が放心状態だった。

後日、聞いた話の顚末はこうだった。

下で待っていた連中は、とちゅうとちゅうの窓から見える、我々を見ていた。

頂上に着いて、手をふる羽鳥に応えていたとき、その上にある明かり取り用の窓に、なにかが見えた。

目をこらしてみると、上がれるはずのない最上部の窓から、上半身を乗り出し、ものすごい形相で我々のいる〝下の窓〟をにらむ女が見えたという。

それを見た連中は、パニックになり、その場をにげ出した。

ところが、やっとの思いで車にたどり着くと、こんどは、その内の一台に見知らぬ女が乗っていた……というのだ。

我々が夜景をながめたあの窓……。

数年まえ、その窓から、ひとりの女性が飛び降りた。

窓の横のかべには、失恋した男性に対するうらみごとが、延々と書き連ねてあったという。

真冬の海岸

わたしが原作を書いた、映画の撮影現場でのことだ。

その日は、撮影最終日。最後の撮影地となったのは、南関東のある海岸だった。

元々は二十二時近辺で上がれる予定だったのだが、撮影スケジュールはかなりおせおせになっていた。

ただこのようなことは、映画やテレビの撮影では、決してめずらしいことではなく、スタッフたちも慣れたようすで、たんたんと撮影をこなしていた。

現場はシーズンオフの砂浜。

ときおり、車に乗ったカップルが遊びにくる以外は、極めて閑散とした雰囲気。

その海岸線に隣接する、砂利じきの駐車場にキャンプを張り、撮影隊がさまざまな機材を設

置していく。
駐車場のはしの方に、くちかけたモルタル造りの小さな建物があった。
遠目に見ても、それがトイレであることはわかったが、なんだか実に不気味で、近付きたくない雰囲気がただよっている。

時計の針が十二時を回り、真冬の海からの風が、よりいっそうふきすさんできた。
そのときわたしはふと、下腹に痛みを感じた。
「やばい、ちょっと、トイレ……」
どこを見わたしても、トイレは、あの建物しか見あたらない。
(あそこ使うのかよぉ……まさか、そこらでするわけにもいかないしな……)
やむなく、わたしは、そのトイレに向かったが、右側に位置する〝男子用〟を見て、さらに意気消沈した。
……電気が消えている。
「なんだおい、だれかスイッチ切ったのか……?」

そんなことをつぶやきながら、それへと近付いたときだった。
不意にその真っ暗な出入り口から、ひとりの男性が出てくるのが見えた。
トイレのまえの、足場の悪いところですれちがう。
「なんだか、真っ暗で気味悪いね」
わたしはそう声をかけたが、彼は答えることなく、素通りしていった。
暗くて顔はわからなかったが、横に太めの白いストライプの入った、黒っぽいジャージを着ているのだけは、はっきりと確認できた。

〝男子用〟をのぞきこむ。思わず「うわわっ！」と声が出た。
それほどまでに真っ暗で、まったくもって、なにも見えない状態なのだ。
一歩入ったあたりで、電気のスイッチらしきものを手で探すが、皆目見当も付かない。
仕方がないので、反対側に位置する〝女子用〟を使うことにした。

用をすませ、みんなのいるところへもどる。

撮影の応援にきてくれていた友人に、わたしは、いまの話をした。
「まったくよ、用を足しにトイレへ行ったんだけど、男子用が真っ暗で使えなかったよ」
「ああ、ぼくもさっき行ったんですけどね、やはり真っ暗でこわかったもんだから、女子用を使いましたよ」
友人が答える。
「やっぱり？　おれも同じだよ」
「それにしても、世の中には度胸のある男ってのが、いるもんですね」
「はは……なに？」
「さっきぼくがトイレに向かったとき、あの真っ暗な男子用の中から、ひとりで出てきたのがいるんですよ」
「いや、おれもさっき、あそこへ行ったときに、あの暗い男子用から出てきた男とすれちがったよ」
わたしは友人に、自分も同じように、男子トイレから出てきた男性を見たことを話した。
すると、わたしたちの会話を聞いていた、若いスタッフがこんなことをいい出した。

「あの……それって、黒いジャージに白い線の入った？」
「おお、その通りだよ。あれ、だれ？　おれから特別敢闘賞を与え……」
「いないんです」
若いスタッフが、わたしの言葉をさえぎっていった。
「は？　なにが、いないって？」
わたしは、そのスタッフに聞き返した。
「ですから、そんな服着たスタッフ……ここにはいないんですよ」
「いない……って、じゃあなんで、その男のいでたちを、君が知ってるの？」
「ぼくも……ぼくも、さっき、すれちがったんです……」

冬の海岸でのことだ。

追ってくる

六年ほどまえ、都内のある場所で体験したことだ。時期は六月ごろだったように思う。

都内のスタジオで仕事をすませたわたしは、友人の家へと向かっていた。

雨のそぼ降る中、かさを手に、そこそこ急な坂を登っていく。

周辺は、車の入っていかれないような、せまい路地ばかり。

彼の家はこの坂の頂上にあり、訪れるたびに、まるでなにかの〝ばつゲーム〟でも受けているような気持ちになる。

しばらく登ったあたりで、わたしは、ふとあることに気が付いた。

自分のものではない足音と息づかいが、かなりの至近距離から聞こえる。

思わずふり返ってみるものの、音の主の姿はない。
気のせいだと自分にいい聞かせ、再び登り始めると、またうしろから、はたはたと聞こえてくる。
周囲には、あまり街灯がなく、都内にしてはやけに暗い場所だ。
そんな中で、真うしろから聞こえてくる足音と息づかい。
生来のこわがりであるわたしの歩みは、いうまでもなく速まっていた。
すると、いきなり……

ガサガサガサガサッ！

わたしの真横を、まるでレジぶくろを、両手でワシャワシャとこすりあわせたような音が、すごい勢いで通り過ぎていった。
せまい坂道からは、なにやらいわくがありそうな、古い石段がのびている。びっくりするわたしをしり目に、その音はその勢いのまま、石段を上っていった。

（きっと、風でビニールぶくろかなんかが、飛んでいったんだろう……）

無理に自分にそういい聞かせる。

しかしその日はまったくの無風状態で、ただただ朝から雨ばかりが降っていた。

おそるおそる坂を登りきり、最後の石段を上ろうと、一方の足をかけたときだった。

ういひひひぃぃぃぃ……いぃひひひぃ

それはわたしのすぐうしろ、いや、まるでわたしの後頭部に、ぴったりくっついているかのような場所から、ひびきわたった。

「うわあああああああっ!!」

いっさいうしろをふり向くことなく、まるで転げるようにして、石段を駆け上がったわたしは、格子戸を開け、友人の家の庭内に転がりこんだ。

なんとか友人に部屋へ上げてもらい、たったいま、わたしが、体験したことを口早に話す。

ところが……

「おお、おまえんとこにも出たか。うはは、そうかそうか」

のんきな反応が返ってくる。

「いやいやいやいや。『そうかそうか』じゃねえだろ！　ありゃいったい……」

「心配すんな。ありゃ、昔から、このへんにいるんだ」

「『いる』って、なんだよ！」

「なんだか知らんが、白くて丸い生き物でな……。たまぁに、家の中にも入ってくる」

「……平気なのかよ？」

わたしは、なんだか拍子（ひょうし）ぬけして問いかけた。

「もう慣れた。そんなことより、めし食おう！」

あれを〝生き物〟という男だ。そうでなければ、こんなところに、住めるはずがない。

それ以来、なかなかその家に足が向かなくなったことは、いうまでもない。

わたしが心霊スポットへ行かない理由

三十年ほどまえ、まだ二十代だったわたしたちは、仲間内では有名になりかけていた一軒の幽霊屋敷にきていた。

その数日まえ。

「あそこは、まじでやばい気に満ちててだな……」

それなりに怪異な経験をしているわたしは、必死で説明するが、友人の正人は、幽霊なんかいないの一点張り。

「だったらいっそのこと、みんなで行ってみりゃいいじゃねえか」

和也がそう提案して、結局、行くことになってしまった。

「……なにが起こっても、おれは知らねえからな」

なんだかいやな予感がした。それほど、そこは危険な場所だったのだ。

その家のうわさは元々、わたしがある友人から仕入れたものだった。

うっそうとしげる雑草をかき分けて進んだ先に、忽然と現れる、〝洋館〟。そこはいわゆる〝廃墟〟になっていた。

数十年まえ、この家に強盗がおし入り、そこに住む女性を殺した。

それからというもの、その家にはさまざまな怪異が立て続けに起き、その後に入居した者たちを、この上ない恐怖におとしいれるという。

まだ車の免許を取るまえに、わたしはバイク仲間をつのって、その家を探した。ようやく見つけ出し、やっとのことで玄関へたどり着いたものの、そこから先へは、どうしても足が進まない。

家全体に形容しがたい悪気が満ちあふれ、とてもではないが、家の中まで入ることができなかったのだ。

結局、そのときはそのまま引き返すこととなった。

実は、そこに足をふみ入れる気になれない本当の理由。それは、わたしが事前に聞いていた、その家にまつわる、ある〝うわさ〟だった。

強盗におし入った人物は、家人を殺したあと、遺体の首にロープをかけ、天井の梁からつるして逃走した。

その後、遺体は、だれに発見されることもなく、一年近く経過し腐敗。骨がはなれ、支えを失った首が体の重みでどんどんのびてしまい、発見されたときには、ろくろ首のようになっていたという。

その後、その家で目撃されたという幽霊は、被害者女性が発見されたときの姿だったというのだ。元来、生粋のこわがりであるわたしが、これに衝撃を受けないはずはなかった。

しかし若いときの興味というのは、それが強烈であればあるほど、かき立てられるもの。〝こわいもの見たさ〟も相まって、よせばいいのに、わたしはまたこの家に向かっている。

午前一時。

郊外のファミレスにいったん集合した我々は、問題の家に向かって出発した。
先頭を行くのは正人、そのあとをわたしの他、計六台の車で向かう。
片側三車線の国道をしばらく走り、とちゅうから町道へと左折。そこからはひたすら一本道……と、先行する正人には伝えてある。
だいぶあれた道に入っていく。神経質な正人は、車を傷つけないように、道路にでこぼこがあるたびに、スピードを落とす。それがまた見ていて、あぶなっかしい。

問題の家に到着した一行は、そのすぐ裏手にある空き地に車を停めた。
なにかあったときにすぐ脱出できるよう、すべての車をUターンさせ、出口の方を向く形で一列に並べておく。
二十人近い男女が、手に手に懐中電灯を持って進む。
「おい、これってどこから入るんだよ？」
「ほれ、そこの草むらの……そのけもの道を入って行くんだよ」
正人の問いに、わたしが答えた。前回きたときにも増して草が生いしげり、軽く我々の身の

丈をこしている。

そこにだれがつけたともわからないけもの道のような細い道があり、それをたどって進むと家の玄関先にたどり着く。

「なぁんだこれ？　これが幽霊屋敷だっての？　なんてこたあねえ、ただのぼろ家じゃねえか」

正人がそういった瞬間、持っていた懐中電灯の灯りが、ふっつりと消えた。

「あれ？　なんだこれ？　ったく、さっき買ったばっかなんだぞ！　ふざけんなよな」

そうさけぶと、正人は持っていた懐中電灯を、力いっぱい放り投げた。

それは、玄関横手にある窓に飛んでいき……

ガッシャァーンッ！

大きな音がして、窓ガラスは粉みじんにくだけ散ってしまった。

「おい！　なにやってんだ！」

わたしは正人に向かってどなった。

「チェッ！　関係ねえっつうの、こんな家。だれも住んでねえんだろ？　だったらなにも

……」

そういいかけた正人の視線が固まった。

あっけにとられたその表情におどろいたわたしは、正人の視線の先に灯りを向ける。それは玄関上にある二階の窓だった。

「あ……あ……」

そこには左から右へと、すべるように移動する人かげがうかび上がっていた。

「うわわっ!!　なんだあれっ！」

「ギャーっ！」

「走れ走れ走れっ！　車んとこっ！　早くっ!!」

異常に気付いた一団はパニックになり、我先にと乗ってきた車のもとへ駆け出す。

そのとたん、背後から聞こえてきたあの声……。

それは、いまでも忘れることができない。

ギュッ……ギュッ……ギュ――――――ッ!!

「ぎゃ――――――っ!! なんかきたっ! なんかきたーっ!!」

「うわあああああああああああああっ!!」

周囲に怒号がひびく中、真っ先に駆けて行く男の姿が確認できた。……正人。

車を停めた空き地へ着くと、正人は車に飛び乗りエンジンをかけ、いっしょに乗ってきた和也を置き去りにして、走り出そうとしている!

「正人! ちょっと待てや!」

和也はそうさけぶと、むりやり助手席のドアをこじ開けて、正人の車に飛び乗った。そのまま、正人は全開状態で走り出した。

そのようすに、なにかふつうでないものを感じたわたしは、乗せてきた友人を急いで拾うと、正人の車を追走した。

当時、わたしの車は負け知らずで、相手がどんな車であろうと〝向かうところ敵なし!〟というのが自慢だった。

ブエエエエエエエエエエエエエエエ――……パンッ！

わたしの車特有のサウンドが、周囲にこだまする。

やっとのことで、正人の車のテールランプをとらえた。

やはり正人は常軌をいっしている。くるときは、あれだけ神経質になって走っていたのが、いまは減速ひとつせず、まるで飛びはねるように疾走している。

「お、おい、まずいぞ！　この先は国道じゃねえか！」

わたしの車の助手席に座った山田が、すっとんきょうな声を上げるが、そんなことは先刻、承知の上だ。

ようやく正人の車に追いつき、わたしはライトをパッシングしながら、なんどもクラクションを鳴らすが、正人はまったく反応しない。

わたしは、正人の車のまえに出てブレーキをかけ、車同士をぶつけてでも止めようと考えた。ところが、正人は、センターラインをまたぐような形で走っているため、追いぬくことは不可能であった。

そうこうするうちに、はるか前方に信号が見え出した。しかしそれでも正人は、一向に速度

を落とす気配がない。

国道はどんどん近付いてくる。わたしの頭に、最悪のシナリオがうかぶ。そのときだった。

なか……む……ら……

頭の中にひびいてきたのは、まぎれもなく正人（まさと）の声だった。

「だめだっ！　中村っ！　だめだーっ！　ブレーキふめーっ!!」

山田の悲鳴にも似た怒号（どごう）が車内にひびき、はっと我（われ）に返ったわたしは、力いっぱいブレーキをふみこんだ！

ギャギャッ!!　キッキキイイイイ――――ッ!!

そのとたん、すぐ目のまえにいた正人（まさと）の車が、ものすごいスピードで前方へ遠ざかっていくのが見えた。

わたしはさけんだ。

「正人ーッ！」

ドグワッシャアッ!!

ほんの一瞬だった。

あのままのスピードで国道に飛び出した正人の車は、右からきた大型トレーラーに、いとも簡単に連れ去られてしまった。

正人の車と衝突したトレーラーはコントロールを失い、交差点の角に設置された、大きな看板の支柱を支える基礎コンクリートにつっこんだ。

「うわあああああっ！　正人ーっ！」

目のまえで起こってしまった凄惨な事故……。

急いで駆け寄ったわたしが見たものは、トラックのバンパーとコンクリートの間にはさまり、変わり果てた正人の姿だった。

助手席に乗っていた和也は、横にあった水路まで飛ばされ、顔を六十三針も縫う大けがを負

いながらも、一命を取りとめた。

数週間後、面会謝絶が解かれ、見まいに行った我々に、和也はこんなことを話してくれた。

「なにがなんだか、わからなかった。走り出そうとする正人の車に、おれが飛び乗ってすぐ、とんでもないことが起きている……と気付いたんだ。

……うしろの席に……見たこともない婆さんが乗ってたんだよ。その婆さんが、うしろから正人の顔と首につめを立てて、〝ギュッギュッ〟ってさけぶんだ。……その顔がおそろしくて、なんども車から飛び降りようとしたんだが、あのスピードだろ？　とてもじゃないが、おれにそんな勇気はなかった」

それは、極端な状況下で、和也が見た幻覚だったのだろうか。

それに事故を起こす寸前、わたしの頭の中にひびいた、あの正人の声は……。

それ以来、わたしは、興味本位で怪異を求めることはなくなった。

実はこの話、あとにも先にも〝文字〟にして表現したのは、これが初めてである。

それはなぜか？

〝友人の死〟そのものが、背景にあることはいうまでもない。

だが、それにも増して、〝書いてはいけない〟との思いに駆られていた理由……。

それは、どこからともなく、〝あれ〟が聞こえるからだ。

いまもこうして、パソコンに向かって打っているうしろから、部屋のすみから、二階から

……ときおり〝あれ〟が聞こえてくる。

ギュッ……ギュッ……

ヘビの話

二十年ほどまえ、わたしはとても不思議な経験をした。

季節は春。山野には、わたしの大好きな山菜が芽ぶいている。

久しぶりに北海道へ里帰りしていたわたしは、気心の知れた旧知の仲間、数人をさそい、山菜狩りに出かけることにした。

支笏湖畔から道をそれ、まだところどころに、残雪が見て取れる山道へと分け入る。

コゴミにゼンマイ、ワラビにタラの芽……。またたく間に、手持ちのふくろは、天然の滋味でいっぱいになった。

しばらく歩いていくと、道の中ほどに、なにか落ちているのが見てとれる。近寄って見ると、ヘビの死骸。そこそこ大きい青大将だった。

そこは未舗装の山道といっても、ふつうに車が通れる道で、ヘビは安心して出てきたところを、おそらく車にふまれてしまったのだろう。

（かわいそうに。このままじゃ、また別の車にふまれてしまうな……）

そう思ったわたしは、その青大将を手でつかみ、草の生いしげる方へ寄せてやった。

その晩、寝入りばな、まくら元にヘビが立った。

ヘビといってもふつうのヘビではなく、〝ヘビと思われる女性〟といった方が、正しいかもしれない。

すいっと立ち上がったその姿は、まるで天女のように美しかった。

「うれしやなぁ」

ガラスのようにすき通った声で、ひとこと、その人はいった。

そして、にっこりとほほえむと、大きなフクロウに乗って、天空へと消えていった。

なんでも〝それ〟にかこつける気は毛頭ないが、わたしの中では、あれはまさしく〝ヘビ〟だったと、いまでもそう思っている。

子ども用プール

わたしとは旧知の仲である山吹が、神奈川県内に家を建てた。

そんなに大きなものではないが、夫婦と小学生の子どもの三人家族には、ちょうどいいサイズ。一生懸命働いてためたお金を頭金に、数十年のローンで購入した。

「小さいながらも庭も造れたし、収納もバッチリ！　ああ……ここはおまえの家をまねたんだけどな」

そういって、初めて持ったマイホームのことを、自慢気に話す山吹だったが、しだいに顔をくもらせていく。

「なんだ？　どうかしたか？」

「庭にな……」

わたしの問いかけに、山吹はぽつぽつと話し始めた。

「子どもが欲しがるもんで、この間、近所のホームセンターへ行って、ビニールプールを買ってきたんだ」
「おお、あれはふくらませるのも、たたむのも、結構めんどうだよな。うちの子も……」
「あれに水を張った、その日のことなんだがな……」
わたしの言葉は、山吹の頭にまったく入っていないようだった。
山吹が話を続ける。
「その日の晩、外へタバコを吸いに出たんだが……だれか入ってるんだよ」
「おいおい。もうちょっとわかりやすく、話してくれないかな」
「あ、ああ。悪いな。つまりな……」
山吹の話はこうだった。
子どもにせがまれ、ある日曜日に、ビニールプールを買ってきた山吹。
さっそく、その日のうちにふくらませて水を入れ、近所の友だちを呼んで、子どもたちは楽しそうに遊んでいた。

その日の晩、家の中ではタバコを吸わない山吹は、寝るまえに一服するため玄関先へと出た。
すると庭の方から、ジャブジャブと水の音が聞こえる。
（まさかこんな時間にうちの子が!?）
そういぶかって、そうっと庭をのぞくと、真っ暗な庭先で、さらにそれを上ぬりしたような、漆黒のシルエットがうごめいている。
その動きを目で追ってみると、子どもが遊んだときに使ったままになっている手おけを使い、プールにつかった自らの体に水をかけている……。
それはまさしく、ひと昔まえの〝行水〟そのものだった。
山吹はごくりとつばを飲み、数歩、歩み寄ったところで「だれだ！」と声をかけた。

「その瞬間、ゼロになった」
「ゼロになった？」
意味がわからず、わたしは聞き返した。
「そうだ。よくおまえなんかが使う表現で『煙のように』とか、『足からすーっと』なんてい

い方をするだろ？　そうじゃないんだ。その人物が持ち上げてた手おけがな、おれが声をかけたとたん、『カポーン』と音を立てて水面に落っこちた。そのとたんゼロになった。……なにもなかったかのように平常にもどったんだよ」

「見まちがいじゃないのか？」「最近ホラー映画を見なかったか？」

わたしは立て続けに、そんな質問をぶつけてみたが、返事はいずれもノーだった。

山吹はわたしと同い年だが、そんな話を聞いたのは、あとにも先にも、そのときだけだった。

「それからどうした？」

「明るくなるのを待って、プールをのぞいてみたんだが、『ああ、これはもう捨てるしかないな』と思ったよ……」

水面にはギトギトとした脂がうき、底の方には得体の知れない〝なにか〟の固まり然としたものが、うようよとただよっていたという。

「実はな。ちょっと思いあたることがあるんだ。つい先日なんだが……水死した女性をとむらったばかりだった」

そう、山吹は葬儀屋だ。

呪いのターコイズ

二十歳くらいのころ、一時期、シルバー細工の指輪にこったことがあった。

いちばん好きだったのは、いまでもよく店先で見かけるが、さまざまな細工をほどこしたリングに、天然石がついているタイプ。

その日も、あるショップに、大きくつばさを広げたイーグルが、ターコイズ（トルコ石）をかかえているデザインのリングを発注した。

石はそこらにあるようなものではなく、〝くもりのない、すみ切った色〟という、店にとっては、めんどうな注文を付けた。

ターコイズは元々透明な石ではないので、この注文は大変難しかったはずだ。しかし、しばらくしてショップから「注文品が完成した」との連絡があり、わたしは、さっそく受け取りに向かった。

ところが、とちゅうで車の調子が悪くなり、その日はやむなく断念。
翌日、修理工場から借りた代車で、ショップに向かったのだが、やはりとちゅうで、同じように車の調子が悪くなり、たどり着けない。
意地になったわたしは、なにがなんでもショップに行ってやろうと奮起し、車を駐車場に入れ、電車を使って向かうことにした。
なんとか目的のビルに到着し、目あてのショップが入っている四階へ上るため、エスカレーターへ。一階から二階、そして、三階から四階へと続くエスカレーターに乗ったときだった。
目的の四階にいる数人の人物が、あわただしく動き回っているようすが見える。
なにごとかと思い、足早にエスカレーターを駆け上がって、おどろいた。
わたしが、行こうとしているショップのオーナーが、担架にのせられ、いままさに運ばれようとしている。
「どうしたんですか!? なにがあったんです?」
なじみの女性スタッフを見つけ、声をかけてみるが、はげしく動揺している彼女は、とても

まともに話ができる状態ではなかった。

数日後、ショップのオーナーから、わたしに連絡があった。

「本当にごめんなさいね。実はちょっと、お話ししたいことがあるんですが、今日どこかでお会いできませんか？」

あの日以来、店は閉めているということで、彼女とは他の場所で落ち合う約束をした。

「実は……こんな話、常軌をいっしてると思われても仕方ないんですが……」

その後、彼女から聞かされた話はこうだった。

わたしの発注したリングを作るため、ふだんからなじみの石の卸元へ行った。

しかしそこでは、わたしが依頼した〝すみ切った色〟の石は見あたらなかった。

そこで彼女は方々を探し回り、あるひとりの宝石商を見つけ出したという。

その男はペルシャ語しか話せず、辞書をたよりに、自分が求めているものを伝えた。

「数日待て」

無表情にそう答えた男は、そのままどこかへ消えていった。
三日ほどした深夜のこと、彼女のもとに一本の電話が入った。
「先日、落ち合った同じ場所にこい。先日、落ち合った同じ場所にこい」
機械的に同じ言葉をくり返す男に、彼女はひとかたならぬ不安と恐怖を感じて、店の者をともない、約束の場所へと向かった。
ところが男はおらず、そこに現れたのは、すらりと背の高い中東系の女性。
頭からすっぽりとかぶった黒いベールから、目だけをのぞかせ、なにもいわずに商品を手わたす。
「khoda negyarda」
小さな声でそういうと、代金を受け取り、彼女は足早に去っていった。
オーナーの手に残された、布で大切に包まれた小さな石。布を開いてみると、それはいままでに見たことのない〝すみ切った〟空の色をしていた。
「じっと見つめていると、まるで吸いこまれそうな色だった……」
オーナーはそう表現した。

ところが、その日から彼女のまわりに、さまざまな怪異が起こり始める。

いままで経験したことのないほどの疲労感に加え、昼間であるにもかかわらず、やたらとねむくなる。そして、うとうとし出すと、ペルシャ語が聞こえてくる。

「ab bedeh be man! ab bedeh be man!」

気になった彼女は、発音をたよりになんとか、その意味を調べた。どうやら「水をくれ！水をくれ！」という意味らしい。

怪異は次第に、店の中にも現れ始める。

いるはずのない人物を目のあたりにしたスタッフは、その日のうちに店を辞めてしまった。

「ターバンを巻いた男が、店のおくで、内臓のようなものを口からはいてるんです……」

辞める理由を聞くオーナーに、そのスタッフは涙声でそういった。

そしてわたしが店に向かった日、到着する寸前に、オーナーは店内でたおれた。

「あれは貧血ということになっていますが……実はそうではないんです……」

目のまえに座る彼女は、本当に貧血を起こしそうなほど、白い顔をしていった。
「差し支えなければ、聞かせてくれないかな」
「実は……とつぜん目のまえに、血だらけのターバンを巻いた男性が現れて……あたしの顔めがけて……自分の顔を思い切りぶつけてきたのです」
「顔を！　……ですか」
その光景を思いうかべて、わたしは身ぶるいして、聞き返した。
「はい。……しかもその目には……眼球がありませんでした……」
彼女は、その石をある国の大使館員へ預け、事情を説明して、祖国の土にうめてもらったという。
その後、再開した彼女のショップは急激に成長し始め、いまでは十数か所の支店を展開している。
そう、まるで、なにかに見守られているかのように……。

乗ってる……

もう、十数年もまえになろうか。

貴重な名車の中古ものが青森で出た。年式は昭和四十六年型。エクセレントと呼ばれるグレードで通常のその車より少しノーズが長く、エンジンもちがう、わざわざ東北まで出向く価値のある、特別な車だった。

元々のオーナーからは「自走もぜんぜん可能ですよ」とはいわれていたが、素性のわからない古い車で、東京までの七百キロを走ってくるのは、いささか勇気が必要だった。

そこで友人から、四トンの新しい積載車を借りて、のんびり運んでくることにした。

現地へ到着後、すぐに現車を確認する。

実にすばらしい！　これはいい！

カラーはリペイントされてはいるものの、ちゃんと純正のクリームイエローがかかっている。エンジンは往年のファンにはたまらない〝いじり方〟がされていて、音もゴンロゴンロと実に元気がいい。

急ぐ旅ではないが、一般道でいくほどひまでもなく、帰りも高速道路を使うことにした。

青森を出てしばらく走り、宮城県に入ったところで、ふと、おかしなことに気付く。

うしろにのせている車の挙動がおかしい。

ルームミラーをのぞく。

のせている車は、ほんの数十センチほど、うしろに見えるのだが、どうもそれがトラックの振動とはちがう動きを示している。

そう、いうなれば、なに者かが故意にゆらしている、そんな感じだった。

うしろにばかり気を取られていたわたしを、最大限におどろかせたのは、次の瞬間だった。

「はい、左を走る積載車、このパトカーのうしろについて、減速してください！」

ものすごいでかい声が、横で鳴りひびく。このときばかりは、心臓ばかりか、他の臓器まで

止まる思いだった。

そのドキドキのまま、北上金ケ崎パーキングエリアまで、わたしは〝曳航〟されていった。

しかし合点がいかない。スピードは出しておらず、トラックにも特別な違反箇所はない。

憮然とするわたしに、パトカーから降りてきた、小太りの高速道路交通警察隊員がいった。

「おたくねぇ、だめだな、人乗せちゃ！」

なにをいってんだか、まったくもってわけがわからなかった。

当然ながらわたしはひとりだ。すると隊員が続ける。

「なにしてるの？　早く降ろして降ろして！」

「はぁ？　冗談じゃないよ、めんどくさいな！　だいたい積載してる車を取りしまる法案でもできたの!?」

「車？　そうじゃなくて、『うしろの車に乗ってる人』のことをいってるんだよ！　積載している車に、人乗せたらだめなの、わかってるよねぇ!?」

わたしは速攻、その中古車を手放した。

情けが仇

いまから数十年まえ、わたしは産業廃棄物を収集・運搬する会社を営んでいた。
産業廃棄物とひと口でいっても、その種類や様相は実にさまざまだ。
特殊な許可が必要となる医療系廃棄物をはじめ、建設現場などから出る木材の切れはしやタイル、レンガ、自動車部品製造会社から出るプラスチックや、ゴムの切れはし……。
その中でも意外に大変なのが、某大手私鉄からうけおった〝駅ゴミ〟だった。
タバコの吸殻に、食べ物の残骸、あきらかに持ちこまれたと思われる家庭ゴミ、読み古された雑誌に新聞紙、トイレに捨てられた汚れた下着や衛生用品……。
駅の清掃員が集積したそれらのゴミが、大きなポリバケツに、はちきれんばかりにつめこまれている。
それが一駅に平均十本以上あって、都内のある駅からスタートして終点の駅まで、合計数百

本を回収するのだ。

通常の収集車ではこと足りないため、大型プレスパックという特殊なものを使用する。

また鉄道会社との契約で、スタッフの入れかえが認められず、専属の人員を用意しなければならなかった。わたしは休日対応を考慮して、AとTという、二名の社員を専有スタッフとしてそろえた。

その仕事がスタートして、半年ほどたったある深夜のこと。

そろそろ寝ようと床についたところで、とつぜんAから電話が入った。

「すみません、社長、なんだか熱っぽいんで測ってみたら、三十九度あるんですよ。どうしたらいいでしょう？」

「どうしたらって、そりゃゆっくり休むのがいちばんだろ？　休日対応のTには電話したのか？」

「さっきから、なんども自宅にかけてるんですが、ぜんぜん出ないんですよ」

「あっ……」

わたしは、Tのところに、子どもが生まれたばかりなのを思い出した。
「あいつのとこ、子どもが生まれたばかりだろ？　しばらく、嫁さんの実家だわ」
「あっちゃ～」
まだ携帯電話が普及していないころで、出産直後の嫁さんを置いて、呼び出すのも気の毒なので、わたしが代わることにした。
「いいよいいよ。今日はおれが行くから、おまえはとにかく、いまから病院行って、薬飲んで寝てろ」
「すんません！」
すぐにわたしは、最初の駅に向かった。
手順はわかっている。……つもりだったが、とにかくだれもいない深夜の駅構内は、超絶、気味が悪い。
それでもなんとか一駅一駅、順にこなしていき、東京都下の駅に到着したときには、東の空がほんのりと白んでいた。
「ふうーっ！　残りあと……七駅か。もうちょいだな」

固まりかけた腰を必死にのばしながら、空をあおぎ、ゴミが集積されている納屋に続く鉄とびらに、手をかけたときだった！

おおぉぉぉぉぉぉ～……

「うわっ！　……とっと……びっくり！　な、なんだ？」

まるで地の底からひびいてくるような、男数人のうなり声が聞こえる。それもまるで集団で読経しているような、そんな声だった。

おそるおそるかんぬきを引き、ゆっくりとドアを開けて、真っ暗な納屋の中を見まわす。

なにもない。無論、だれもいない。

あたりまえだ。この臭気の中で、じっとたたずんでいられるのは、ある意味、超人的だった。

ほっと安堵のため息をつき、わたしは、集積されたゴミを手まえから片付けていく。

十数本に上るポリバケツを、そこから引っ張り出し、あとは数個の段ボールが残るだけだった。

「……あれ？　なんだい、こりゃ？」
いちばんおくに置かれた段ボールの上に、スポーツバッグが置かれている。それも、いまはなつかしいマジソンバッグだ。
「なにが入ってるんだろう？」
そう思いながら、わたしは、ぴったり閉じたファスナーを開けてみる。
歯ブラシ、洗い立てのシャツ、なんとかいうタイトルの自己啓発本……。そしていちばん底から出てきたのは、小さなふろしき包み。なにかとても大切なものを包むように、しっかりと上で結ばれている。
俄然、興味がわいたわたしは、ためらうことなく、それを開けてしまった。
出てきたのは、二対の数珠と経本。数珠の様式を見て、どこの宗派のものか、わたしにはだいたい判別がついた。色と長さからみて、おそらくは夫婦で使っていたものだろう。
鉄道会社と交わした契約では、〝集積場にあるものはすべて回収のこと〟となっている。とはいえ、そのままゴミとして回収するのは、非常にためらわれた。
（こんな大事なものを……。ちょっと駅事務所に問い合わせてみるか）

わたしは、包みを持って駅事務所に向かい、現物を見せて事情を話すと、思ってもみない返答がきた。

「それは『忘れ物』じゃないんです。あくまでもゴミとして、『捨ててあった』ものなんですよ。うちの方としても、車内や構内に忘れられていたのなら、拾得物として、一定期間、保管するんですが……」

「では、あくまでもゴミとして回収しろと？」

「まぁ、そういうことになりますかねぇ」

確かに駅側の見解もわからなくはない。

（こうして開けてしまったのもなにかの縁か……）

わたしは取りあえず、それを家に持ち帰り、近くのお寺に納めようと考えた。

ところが、このわたしの〝情け心〟が、とんでもない事態を引き起こす。

数珠の入った包みを持ち帰った翌日、さっそく思いあたる宗派のお寺を探してみた。

ある一軒のお寺を見つけ、事情を話すが、そのお寺の宗派のものではないという。

時間的にもそれ以上、探す余裕もなく、なんとなく数珠のことはそのままになり、わたしは自宅のたんすに、それをしまいこんでしまった。

それからしばらくしたころ、ある日を境にわたしは、毎晩、金縛りにおそわれるようになった。しかも尋常ではない〝気〟を、周囲に感じ、霊現象といっていいものを、さんざん見させられた。

線路にわたしは立っている。と、そこへ電車がきて、まともにわたしは、それにひかれてしまう。これはこわかった。

電車の車輪に巻きこまれて、バリバリバリッと、自分の体がくだけるのがわかるのだ。

またある日は、部屋になに者かが現れて、寝ているわたしの足元から、かけ布団の上をカサカサカサッと登ってくる。

なんとか金縛りをふりほどいて、正気を取りもどしているのに、それが消えることはなく、さらに上へと登ってくるのだ。

その気味悪さはたとえようもなく、たまらず家を飛び出て、近くのファミレスで一夜を明か

したこともあるほどだった。

とにかく、毎日のようにそんな現象が頻発し、わたしは、身も心もつかれ切っていた。

ここまで読んできた読者のみなさんは、すでに、それはあの〝拾ったもの〟のせいだと気付くだろう。

しかし、これだけ異変を感じていながら、わたしは、まったく原因があの数珠だということに、思いいたらなかった。このこと自体もまた、不思議でしかたないのだが、だからこそ、わたしは、さらに数週間の間、数珠を放置してしまったのだ。

（あれ!?）

ある夜のこと、寝入りばなに、いままでにない〝異質な雰囲気〟を感じた。

（なんだろう、この感じ……。いままでにあった〝気味の悪い気〟じゃないな）

文章でうまく表すのは難しいが……そう、すごく気の許せる、血のつながりのある人が、そばにいてくれる……そんな感じとでもいおうか。そんな気を感じた。

（やあ、今日はなんだか、ぐっすり寝られそうだぞ）

そう思い、一気にねむりのふちへ……と、そのときだった。

……グリッ

なにか耳元で音がする。

……グリリッ

……グリッグリッ……グリリッ！

（な、なんだこの音っ！）

グリィグリィグリィ……ジャッジャッ！　シャカッシャカッ!!

「うわあああああああっ！！！」

それがなんの音であるかに気付くのに、そんなに時間は要しなかった。
そうだ。これは……これは、両手で数珠をすり合わせる音だ！
「じゅっ、じゅっ、数珠!!」
布団から飛び起きると、わたしは、すぐにたんすの引き出しを開けて、ふろしき包みを取り出した。
帰りたがっている……。
〝もどるべきところへ、もどりたい！〟という念を、強く感じる。
翌朝、わたしは早めに家を出ると、家の近くのお寺を訪ねた。
ご住職に、ことの次第を話すと、ふたつ返事で数珠を受け取っていただけた。
安心して寺の門をあとにしたが、車に乗りこんだとたん、ふっとなにかが耳元をかすめた。
「……み……げ」
（ん？　いまのなんだろう？）

「妙……法蓮……華経……」

「なっ！　い、いや、気のせいだ。考え過ぎだ、うん」

しかし、それは気のせいではなかった。

その晩のこと。

床につくと同時に、またもや強烈な金縛りにおそわれた。

そして、聞こえてきた。

「だめだ。それではだめだ。だめだ……だめだ……だめ……だ」

それは頭の中に低くひびきわたり、なんどもなんどもくり返される。

そして次に聞こえたのは、ひときわ異彩を放つ、女性の声だった。

「ちゃんと『縁』を切りなさい！」

（なんだ？　縁……？）

「あっ！！！」

それを聞いて、わたしはやっと気がついた。

あのお寺に数珠と経本を納めた折、お布施、つまりお焚き上げ料を寄進していないことに気付いたのだ。

霊界において、お金は実に重要な役割を担っている。縁を〝取り持つ〟のも〝絶つ〟のも、すべてお金によって、まかなわれると聞く。

なんだか俗っぽい話だが、それが〝地獄の沙汰も金次第〟の語源であるともいう。

昔から亡くなった人のふところに〝六文銭〟をしのばせるのも、お金次第で、あの世でのあつかいが変わってしまうからだ。

わたしが取った行動は、〝預けるだけ預けて、知らんぷり〟となってしまっていたわけだ。

翌朝早くに、わたしは昨日のお寺へ出向き、「うっかりしてました」と、お布施をあらためて納めた。

その晩から、ぱったりと怪異、霊異的な現象はなくなった。

それどころか、夢の中で光りかがやく回廊に導かれ、しこたま、なぜだか豆腐をごちそうになったのだった。

この話のタイトルを「情けが仇」としたが、わたしのそれからを決める、行くべくして行った道であったようにも思える。実に不可思議な体験だった。

生霊（いきだま）

生霊（いきだま）。

最近、数人の友人たちから、これについての相談を受けた。

正直、わたしも、その正体には言及（げんきゅう）しがたいものがある。

本当にあるのか？　そんなものはないのか？　〝ある〟〝ない〟だけでいうならば、それは前者に票を入れることになると思う。

わたしのブログでも書いたことがあるが、わたしも以前、肉体からぬけ出てしまった経験があり、それを数人の友人に目撃（もくげき）されている。

二度目にわたしの〝それ〟が出たのは、一度目の事件があったのと、同じころだったと思う。

その日わたしは、友人・山田の住むアパートに出向いていた。
当時お気に入りだったレスラーが出る、プロレスの中継番組を見るためで、小さなテレビ画面に男ふたりが食いつくように見て、ふたりで大声を上げて楽しんでいた。

ビービーッ!!

するととつぜん、山田の部屋に設置されたブザーが鳴った。玄関の呼び鈴ではなさそうだ。
「なんだ?」
わたしが聞くと、「電話がかかってきたんだよ」といいながら、山田はそそくさと部屋を出て行った。
もう数十年まえのことだ。
若い学生は自分の部屋に電話など持てない時代で、当時、いわゆる下宿のようなアパートに住む学生は、アパートに置かれた公衆電話を使わせてもらっていた。
タイミングよく、中継がコマーシャルに変わる。

（山田、この間にもどってこれればいいなぁ）

そう思っていると、小走りで近付いてくるサンダルの音がした。

「おう、早かったな。ちょうど、いまコマーシャルに……」

「おまえにだよ！」

「はっ？」

「おまえだっての！　電話っ！」

「おれ？　おれがなんだよ!?」

「お・ま・え・に・かかってきたの！　早く出ろよ！」

山田の家にかけてくるなんて、電話の主はいったいだれだろうといぶかりながら、ろうかのいちばんはしに置かれた、ピンク色の電話へと向かう。

遠ざかる山田の部屋から、中継再開を示す、熱気に満ちた声援が聞こえ始める。

わたしは、自然と足を速めた。

大きな電話機の横に置かれた受話器を取ると、相手は榊原という男だった。

週末に予定していたキャンプの場所と、待ち合わせ時間の確認だった。それももう、これで

五回目だった。

「いいかげんにしましょうね、榊原さん」

とだけ伝え、受話器を置いて、急いで部屋にもどろうとしたわたしを、今度はおそろしげな〝幽霊〟が引き止めた。

「ちょぉっとぉぉぉぉ……」

「うわっ！　はっ、はい！」

すっとんきょうな声を出して、わたしは、しりもちをついてしまった。

洗い髪を全部顔のまえに持ってきて、両手をまえにそろえて、暗いろうかで背後から……声をかけてきたのは、アパートの大家さんだった。

「あなた！　山田さんとこの友だちでしょ！」

「そっそっそうですが……」

「そっそっそ、じゃないわよ！　さっきからうるさいっ！　もうちょっと声を小さくっ！　いいわねっ！」

そういい放つと、大家さんは自室の中へと引っこんでいった。

なんだか釈然としないまま、山田の部屋へもどる。

「まったく、榊原が、まぁた日曜のことを……」

そういいながらドアを開けると、テレビの音声を消して、部屋のど真ん中に山田がつっ立っている。

「あれ？　おまえ、なに音消してんだよ！　これからハンセン&ブロディー組が……」

わたしがそういい終えるまえに、山田が動いた。

テレビに近付いていき、さっと手をのばしたかと思うと、いきなりスイッチをプチッとおしこんだ。

「……なんだよ？　見ちゃだめなの？」

そういいながら、山田の顔を見る。

なんと山田は泣いていた。まるで小さな子どもが、わきあがる嗚咽を必死にこらえるように、顔をくしゃくしゃにして泣いている。

「なっ！　ど、どーしたっ！　なにが……」

「おばえ、ざっぎ、がえっでぎだよな……」

「なに、なにいってんの？」
「おっがでぇ～！」
その後、山田が落ち着くのを待って話を聞いてみた。
いわんとしていることは、おおよそ、こんな話だった。

わたしへの電話であることを知らせたあと、山田は冷蔵庫からビールを取り出そうと、台所へ立った。すると背後でドアの開く音がする。
「おう、もうすんだのか」
と、山田はわたしに声をかけたという。
しかしそこに〝いる〟わたしは、それには答えず、だまって上がりこむと、先ほどまで座っていた座いすに腰を下ろした。
「ビール飲むだろ？」
ふたたびわたしに声をかけ、コップにわたしの分を注ぎ、軽く乾杯したあと、山田はぐいとそれを飲み干した。

テレビでは、次の対戦カードの読み上げが始まり、会場の熱気も最大限に達している。

「始まったねぇ！　やっぱり、このタッグは最強だよな！」

そういいながら、山田はわたしの方を向いた。

……が、そこにはだれもいなかったという。

山田とはいまでも交流があり、ふつうに付き合いをしてはいるが……この話をすると、痛烈にこばむ姿勢は、数十年まえとまったく変わらない。よほどおそろしかったのだろう。

今回ここに書くことを、〝苗字だけなら〟という約束で承諾してもらった。

舌打ち

つい先日、友人・Mの紹介でひとりの女性に会った。

特に〝その手〟の相談にのるということで、会ったわけではないのだが、その女性から興味深い話を聞くことができた。

いまから三年まえの夏、彼女は都内のマンションに住んでいた。

〝住んでいた〟と過去形になっているのには、こんな経緯がある。

彼女が住んでいたマンションは、JR沿線に建っており、ベランダからは、すぐ下に電車が走っているのが見えた。そこから少し西側に視線をずらすと、それをわたるための、小さなふみ切りがあった。

「入居してから半年くらいの間に、少なくとも五回は事故を目撃しているんです。警笛とブ

レーキの音がすごくて、思わず耳をふさぎたくなっちゃいますよ」
そのふみ切りのことを、彼女はわたしに、そう切り出した。
「部屋は、なん階だったんです？」
「三階です」
「ああ、それじゃあリアルに音が聞こえちゃいますもんね」
「そうなんですよ。もっと上の階なら、いくぶん、ちがったかもしれませんが……」
そのときのことが、だんだん鮮明になっていくのか、じょじょに彼女の顔が暗くなっていく。
「最終的に、なん年くらい、そのマンションに住まわれたんです？」
「二年と少しですね。それが限界でした」
「だとしたら、引っこされるまでの間も、ずいぶん事故を……」
「そうですね。覚えているだけでも十件以上、家にいないことも結構ありましたから、その間の件数も数えれば、きっとすごい数だと思います。……数えたくもないけど」
「それで『限界だった』と？」
「ええ……まぁ、それだけではないんですけどね」

「……というと？」
彼女は大きく息をついて、目をふせ、こう続けた。
「危うくあと一歩で、むこう側の住民になるところだった……ということがあったんです」
「『引っ張られた』ってことでしょうか？」
このふみ切りのように、なぜだか事故が多発するような場所は、注意が必要だ。なんのわけもなく〝引っ張られる〟ことがあるからだ。
「『引っ張られる』、まぁ、そういういい方もあてはまるかもしれませんが、自分の中では、それだけではない気がしてるんです」

ある日、彼女が近くの商店街へ買い物に出かけた帰りに、そのふみ切りを通りかかった。
遮断機が上がっているのを見て、〝早くわたってしまいたい〟と思い、自然と早足になった。
ところがふみ切りの手まえまで、あと一歩のところで、警報機が鳴り出す。
やむなく彼女は道の左側に寄り、電車が通過するのを待つことにした。
そのふみ切りは、車二台がやっとすれちがえるくらいのせまさで、気がつくと、もうなん台

もの車が連なっている。

（ほんとにせまいなぁここ。まちがってトラックなんかが迷いこんじゃったら、いったいどうするのかしら……）

そんなことを考えながら、彼女は、ただ漫然と立っていた。

すると警報音にまじって、背後からなにかが聞こえた。

「チッ！　チッ！　チッ！」

（なんの音？　……舌打ち？）

そう思ったという。

「舌打ちですか？　要はそれって、頭にきたときなんかにやる『チッ』とも『ツッ』ともつかない、あの音ですよね？」

「そう！　まさしくそれです」

その後も、彼女の背後でなんどもくり返される「チッ！」。

だんだん腹が立ち始めた彼女は、どんな人間が舌打ちしているのかと、ためらうことなくふり返った。

「二十歳くらいの男の子。いま風のぼさぼさの頭に、黒ブチの眼鏡をかけて、肩から黒っぽいバッグを下げてました。その男の子が、なにかブツブツいいながら、ときおり『チッチッ！』って舌打ちするんです。

あたしがふり返ったとたん、目のまえを電車が通過して……それなのに、その舌打ちだけがはっきりと聞こえるんです。なんだか急に気味が悪くなって、遮断機が上がると同時に、小走りで家まで帰りました……」

その晩のこと。

翌日が早出だった彼女は、いつもより早めに風呂に入り、床についた。

ところが、そんなときに限って、なかなか寝付けない。

「それでも、なんとか寝なくちゃいけないと思って、まくら元にあった本を開きました。ものの二ページも読んだあたりで、ふと玄関のかぎが気になり出したんです。

まくら元の小さな明かりだけをたよりに、リビングを通って、ろうかに続くドアを開けたときでした」

「チッ！　チッ！」

真っ暗な玄関の方から、あの〝舌打ち〟が聞こえたという。

「心臓が止まる思いで、その場に立ちつくしました」

かべについた右手のすぐわきには、照明のスイッチがある。

意を決して、彼女はそのスイッチを入れた。

……が、そこにはだれの姿もなかったという。

「自分自身が気にし過ぎていたのかも……と気を落ち着かせ、かぎを確認して、ベッドにもどろうとしたんですが……」

「チッ！　チッ！」

今度はベッドの方から、舌打ちが聞こえてくる。

「とてもじゃありませんが、その場にはいられなくなり、階下に住むお友だちの部屋に、にげこみました」

そのマンションに引っこしてきてから、知り合いになった女友だちで、おたがいの部屋を行きする仲だった。

「友人に、それまでの経緯を話すと、『あんた、警察に知らせたの？』といわれ、はっとしました」

手ぶらで出てきてしまった彼女は、友人の部屋から一一〇番に通報。ほどなく駆けつけた警官ふたりと、友人と共に自室へ行く。

家中すべての電気をつけ、すみずみまで確認したが、そこにあやしい人物も、なんらかの異常も見つけることはできなかった。

「最近身のまわりに起こったことで、なにか気になることはありましたか？」

警官にそう聞かれ、ためらいながらも、先日ふみ切りで見た男性のことを、彼女は話した。

「いや、それは関係ないでしょう。万が一その男性があなたの住まいを知っていたとしても、深夜にそっと部屋にしのびこみ、その上、まるで忍者のように、あちこち移動するなど……ねぇ」

警官のいうことは、もっともであり、彼女は納得するしかなかった。

「おまわりさんのいうことは、正しかったと思います。あたし自身が、勝手な思いこみをして、まるでストーカー被害にでもあってるかのような、妄想をいだいてるだけなのかも……そう思い始めていました」

翌日。

いつも通りに仕事を終え、近所のスーパーで買い物をして、彼女は自宅へ向かった。

そして、あの……ふみ切りが見えてきた。

(気にしちゃだめだ。なにも気にしない。なにも気にしない。なにも……)

そう思いながら、彼女は、一歩一歩ふみ切りに近付いていく。

(だいじょうぶ！　なにもない。なにもない。なにもない……)

あと五メートルほどで、あのふみ切りというところまできたとき……

カ、カーンカーンカーン！

耳につく警報音が鳴り始め、ゆっくりと遮断機が下がっていく。

表示された矢印は、下りを示していた。

（まったくもう！　なんでよ！　なんでいつも、あんたは、あたしをはばむのよ！）

そう思ったときだった。

「チッ！」

「えっ……？」

「チッ！　チッ！　チッ！　チッ！　チッ！　チッ！」

その音は、彼女の背後からすさまじい勢いで近付き、そしてすぐ横で止まった。

「すぐ横にいる！　そう思ったとたん、逆に肝がすわっちゃったんです。腕でもつかんで『あんたなんなのよっ！』って、どなってやろうと思いました。ところが……」

その男は彼女の横を通り過ぎ、下りている遮断機をくぐって、線路内へ入っていく。

「持っていた買い物ぶくろを放り投げて、『ちょっとあんた、なにしてんのよ！』って、さけびました。

聞いてないのか聞こえないのか、男はこちらを見向きもしないで、列車が向かってくる方を向いたまま、仁王立ちしてるんです」

彼女は男を救おうと、反射的に遮断機をくぐっていた。

「その男の腕をつかんで、とっさに右を見ると、青と白の列車が近付いてくるのが見えました。それと同時に、強烈な力で襟や腕や髪の毛や……とにかくすごい力で引っ張られて……」

周囲にいた人たちが異変に気付き、彼女を線路から助け出した瞬間、すぐ目のまえを、轟音と共に列車が走りぬけていった。

「見知らぬ女性から、力いっぱい頬をビンタされました。決して自分を見失っていたわけじゃないんだけど……」

そのとき彼女は、（あの男性を助けられなかった）、ただ漠然と、そう思ったという。

「あたしを助けてくれた周囲の人に、『あの人は!?』って、聞いたんです」

周囲の人は、彼女がなにをいっているのかわからず、いぶかしそうな目で彼女を見ていたという。

「そこには初めから、男性なんかいませんでした。もちろん列車が通り過ぎたあとには、なんの痕跡も残ってなかったし……」

事件の直後、彼女はそのマンションを引き払った。

喪服の男

十年ほどまえになるだろうか。
家から近い居酒屋で、おいしい地酒をほどよくいただき、いい心持ちで家路をたどっていた。
よく知る地元の道、わたしは表通りを行かず、車が一台通れるかどうかという、せまく暗い道を、月明かりを手立てにのんびりと歩く。
すると唐突に……
「こんんんばんんんはぁ」
とつぜん、背後から声をかけられ、おどろいたわたしは、その場に立ちすくんだ。
ふり向くとそこには、極端に背の低い、初老の男がたたずんでいた。
暗くてよくわからなかったが、男は作業着のようなものを着ている。
「な、なんでしょう？」

わたしがそう答えると、その男はごにょごにょと口を開いた。
「×××わさんのおたくはぁ……どちらぁでしょうぅ？」
「なんです？」
思わずわたしは聞き返した。
「×××わさんの……おぉたくぅですぅ」
なんだか頭の部分がかき消えてしまって、まったく要領を得ない。
異常なほどくぐもった声も、聞き取りづらさを助長している。
「ごめんなさい。ちょっと聞き取れなかったんで……」
「××さわさんですぅ」
今度はなんとか、〝さわ〟まで、聞き取ることができた。
「ナニさわさんですか？」
「おむかえにぃ……あがりましたぁ」
「は？」
と答えて、わたしはぎょっとした。

いつの間にか、この男の服装が変わっているのだ。
つい先ほどまでは、胸のあたりに赤っぽいラインの入った、作業着を着ていたはず……。
いまは喪服、それもダブルのフォーマルになっている。
「ちょ、ちょっとごめんなさい！　ぼくはこのあたりに明るくないので、他に……」
「そおおおぉぉですかぁぁぁぁ……」
気味が悪かった。
いや、おそろしかった……という方が正しいだろう。
（ふつうじゃない！　これはふつうじゃない！）
そう思い、足早にその場を立ち去ろうと、わたしが男に背を向けて歩き出したとたん、背後でボンッという破裂音がひびいた。
（な、なんだっ!?）
そう思ってふり返った瞬間、先ほどの男と思われる者が、すごい勢いで近付いてきて、わたしの腕と胴との間を、ブオオッとすりぬけていった。

わたしはこの異様な感覚にあわてふためき、思わず身をひるがえした。しかし、そのせいで見なくてもいいものを、確認することになってしまった。

わたしのわきをすりぬけていったそれは、まるで地べたをすべるようにして進み、少し先にある一軒のアパートの敷地に飛びこんでいった。

無論、わたしは、そのあとを追うようなことはしなかったし、する必要もなかった。

わたしは急いで家にもどると、玄関から大声を張り上げ、二階で寝ている娘をたたき起こした。

「なぁに、こんな時間に……よってるの？」

「ちっ、ちがうっ、塩っ！　塩、持ってきてくれ！」

全身にくまなく塩をかけ、家に入ってからも、たんねんに手を洗う。

すると、まだ玄関付近にいた娘が、すっとんきょうな声を上げた。

「お、お父さんっ！　なに、これぇっ!?」

「なんだよ？　えっ？」

声のする方をのぞくと、娘がわたしのジャケットを指でつまんで、極端に顔をゆがめているのが見える。

それは、つい先ほど、わたしが玄関にぬぎ捨てたものだった。

そのジャケットから、なにかがしたたり落ちている。

「なんだそれっ！　どうした!?」

「あたしが聞いてるのよ、お父さん！」

左わき腹あたり一面に、まるで鼻水のような、透明な粘液が大量に付着している。

しかもそこからは、なにかがくさったような臭気がただよってくる。

「だめだなこれは。このまま捨てちゃおう」

買ったばかりのお気に入りのジャケットは、あえなくゴミ箱行きとなった。

その後、なんとも気持ちが落ち着かず、熱い湯を張った風呂に入って、わたしは床についた。

どれくらい時間がたっただろう。

ふと、室内にこもる異様なにおいに気付き、わたしは目を覚ました。

「おおぉぉさわぁさんはぁぁ……ぶじにぃ、はしぃをぉ、わたられぇましたぁぁぁぁぁ……」
「うわあっ!!」
いつの間にか、まくら元にいたそれから、つい先ほど聞いたのと同じ声がひびいた。
ベッドから飛び起きると、すでにその姿はなく、例の臭気も消え去っていた。
しかし、その後は一睡もできず、釈然としない心持ちのまま、朝をむかえた。

早朝、会社へ向かうため、車に乗りこんだ。
小さな交差点をいくつか過ぎ、昨夜、〝あれ〟と遭遇した現場に近付く。
「な、なんだ!?」
〝あれ〟がすべるように駆けこんでいった、あのアパート。
そのまえになん台ものパトカーが停まっている。
なにが……？　だれが……？

あえて聞いてはいない。

大きな顔

いまから五年ほどまえの夏。

わたしはある車雑誌の取材のため、関東近県にある、一軒のショップを訪ねていた。

そこの代表を務めるI氏は、わたしとは旧知の仲で、急な要望にも快く受け答えしてくれる、わたしのよき理解者のひとりだ。

その日は、同じ県内に住む、ある自営業者が駆る中型バンが取材対象で、朝早くI氏の店舗で待ち合わせをしていた。

少々早めに店舗に着いたわたしが、自分の車の中でタバコを吸って待っていると、ほどなくして、I氏が到着。I氏がセキュリティを解除して、ふたりで店内へと入る。

事務所に続くドアを開け、かべにある照明のスイッチを、I氏がおした瞬間だった。

「……んっ!?」

思わず出てしまったわたしの声に、I氏がたずねる。

「どうかしました？」

一瞬ではあったが、右から左へと急速に移動する、女性の姿らしきものが視界に入ったのだ。しかし、朝からそんな話もしたくないので、あえてそのことを、わたしは口に出さずにいた。

「いまコーヒー入れますね。砂糖とミルクは、なしでしたよね？」

「ああ、悪いね」

そういうとI氏は、デスクの横に置いてある、エスプレッソマシーンを操作し始めた。

「便利な時代だね」

ひとりごとのように、わたしはいった。

「やだな、なんだか、おじいちゃんみたいな口っぷりですよ」

そういいながら、I氏がカップをわたしに差し出す。

熱いエスプレッソを口にしながら、なに気なくI氏に視線をやると、カップをかたむけながら、天井をじっと見つめている。

なにを気にしているのか、たずねようとすると、まるで待っていたかのように、I氏が話しかけてきた。

「さっき……なにか気にしてましたよね？　……なんです？」

まさかストレートに〝女を見た〟とはいえるはずもなく、わたしが困っていると、I氏から思いがけない言葉が飛び出した。

「もしかして……もしかしてですよ。この中で人かげを、見たんじゃないですか？」

これには、わたしも度肝をぬかれた。

わたしが見たまま、感じたままを、そっくり聞いてもらうことにした。

「……やっぱりですか」

I氏はそう答えた。

聞くところによると、以前にも来店客に、同じことを指摘されたことがあるという。

「最初は『なにいってんだろう、この人』って感じで、気にもしてなかったんですが……」

近所に住む男性から、ある話を聞いたのをきっかけに、心の中に、いい知れぬなにかが芽生えてしまったと、I氏は続けた。

その店は元々、ある外国車ディーラーとして営業していたが、あるころから業績が低迷。
そのまま経営を立て直すことができず、あえなく閉店となってしまった。
その物件は、しばらくの間、そのまま空き家となり、〈貸店舗〉の看板がかかげられ、次の入居者を待っていた。
立地的にも、周囲の環境的にも、決して悪い部分は見あたらないのだが、不思議と新しい入居者は現れなかった。
そんな折も折、近隣住民たちの間で、不可思議なうわさが立ち始めたという。
「空き家になって長いのに、この店の二階の窓に、女がぼーっと立っているのを見たと……」
I氏の話を聞いて、わたしの頭に、ひとつの疑問がうかぶ。
「待て待て待て、ここ、平屋じゃん？」
そうなのだ。
この建物に二階部分はなく、少々広めの平屋造りになっているのだ。
「取っちゃったんです」

「えっ？　二階部分を？」

Ｉ氏は、当初から平屋物件を探していた。そこで不動産屋に相談の上、平屋にする条件で契約した。

通常なら、かなり厳しい条件だと思うが、不動産屋はすんなりＯＫしたという。

「ま、別に悪さしたりするわけじゃないんで、さほど気にはしてないんですけどね……」

そういいながら、Ｉ氏は引きつり気味に笑ってみせた。

ちょうど話がとぎれたところで、数十分おくれで取材対象の車が到着したので、わたしは取材に取りかかった。

「どこで撮りますか？」

「うーん……このまえは店のまえで撮ったから、今回はピットの中に入れちゃう感じで……」

ピットの周囲を片付け、洗車して付いた水滴を、全員でふき取っていく。

「じゃあいきまーす！　全部で六十枚ほどいただきますんで、オーナーさんは中で休んでてくださーい」

撮影は順調に進み、その後のオーナーへのインタビューも、とどこおりなく完了。
その場にいる関係者にあいさつをして、わたしは撮り立てのデータをかかえて、自宅へともどった。
部屋に入ると、バッグからさっそくカメラを取り出し、中からメモリーカードを引きぬいた。
パソコンにそれを差しこみ、電源ボタンをおしてから、トイレに駆けこんだ。
「はぁー、危なかったぁ……」
とちゅうからレッドゾーンに入りかけていた尿意を、やっとすっきりさせ、わたしは自分の部屋へもどろうとした。
「おおぉぉぉぉ……おおぉぉぉぉぉぉぉぉ……」
下の娘が、リビングで犬をからかっているのが聞こえる。
「いつもいつも、そんな風にからかってると、いまに本気でかみ付かれ……」
そういいながら、なに気なくリビングのドアを開けた。
しかし、そこにはだれもいない。だぁれも……。

犬たちは……とその姿を目で追うと、二匹ともソファーのかげにかくれて、がたがたとふるえている。

まだ一歳に満たないチビの方をだき上げ、階段の下から娘に声をかけた。

「おーい！　犬がふるえてるじゃないか！　だめだよ、あんまり意地悪しちゃあ」

……返事がない。

「おーい！　聞いてんのかぁ？　まったく……」

そうぼやきながら階段を上り、娘の部屋のドアを開け放つが、娘の部屋はもぬけのから。

その瞬間、わたしの全身に、ただならぬ悪寒が走った。

（そ、そうだ！　おれは玄関ドアのかぎを、自ら開けて入ってきたんだ。だ、だれもいないから……かぎがかかっていたのだ……）

頭から冷水をかけられたような感覚。

同時に、先ほど聞こえたうなり声がよみがえる。

（落ち着け。とにかく落ち着け。なにがあろうとも、昼日中に、めったなことはあるもんじゃない……）

そう思うことに、なんの根拠もなかったが、とにかくわたしは、自分を落ち着かせようと必死だった。

おそるおそる階下へ下り、雑誌の原稿を仕上げるため、仕事に取りかかる。

まずは、今日写したすべてのファイルを開け、中からいいものを選抜していく。

なん枚か掲載する写真を選び出し、フォト編集ソフトを立ち上げて、先ほど取材した車のナンバープレートをかくす作業に取りかかった。

「あれ？　なん……だ……このかげ……？」

手がふるえた。

くちびるが妙にかわき、のどがカラカラになる。

ついさっき、撮影してきた取材対象車。その横の面いっぱいに、巨大な女の顔が映っている。

「じょっ、じょーだんじゃねえっ……」

無論、その写真が、雑誌に掲載されることはなかった。

凧

十年ほどまえ、当時四歳だった娘を連れて、わたしは、ある河川敷の公園へ出かけた。

遊具の数は多くはないが、ゆるやかな川の流れと、遠くまで見わたせる雰囲気が、少しの間、都会の喧騒を忘れさせてくれる。

先に近くにある外資系の大型スーパーで買い物をすませ、公園に着いたときには、すでに日もかたむきかけていた。

周囲を見わたすと、すでに人の姿はまばら……というより、ほとんど見あたらなかった。

併設の駐車スペースに車を停め、娘の手を引いて公園へ向けて歩き出す。

「あ……お父さん！　あれなに？」

不意に足を止めた娘が、上空を指さしてさけんだ。

娘が見上げる先を見ると、そこに凧が、ひとつ風にまっている。
もうずいぶんまえに、ちょっとしたブームになったこともある、スポーツカイトという凧だ。
「ああ、あれは凧だね。まえにやったことがあったろう？」
凧の糸の手元へ目をやると、広大なグラウンドのほぼ中央に、それを操っているらしい男性がひとり。男性は右に左に走り回るカイトを、たくみな糸さばきでコントロールしている。
そのアクションがあまりにオーバーで、思わずわたしは口元がゆるんだ。
「光ってるね」
娘がいった。
「んん？」
「光ってるね、あの凧」
もう一度、娘にそういわれて、わたしは目をこらすが、西日がきつくてなかなか確認することができない。
「光ってる……かい？」
「うん。ほら！　また光った！」

今度はわたしにも見えた！　確かに……光っている。
しかしそれは、日の光に照らされてとか、反射してとかではない。
まるでデフォルメしたコウモリのようなカタチをしていて、その全体をはげしく明滅させている。
さらに、つばさの両端には、それをしのぐ明度の光が二対見える。
それらの光が、暮れかかった壮大な夕日のグラデーションに、純白の軌跡を描いているのだ。
「すっ、すげえな、あれ！　いったいどうやって、電源、供給してんだ!?」
〝興味の虫〟がうずき出し、わたしは娘の手を引いて、それを操っている人物に声をかけようとした。
「やだっ！」
なん歩か進んだところで、急に娘が立ち止まり、つないでいたわたしの手をふり払う。
「え？　な、なんで？　どうしたの？」
「こわいっ！　あの人こわいよ！　うえぇ～ん！」
そういうなり、娘はその場で泣き出してしまった。

「わかったわかった。ごめんな、じゃあここから見てような」
「見てないっ！　見ちゃだめっ！　帰るのっ！　はやくはやくはやくっ！」
あきらかにようすがおかしい。
（ふう……仕方ない。帰るとするか……）
そう思いながら、わたしは最後にもう一度……と思い、〝光る凧〟に視線をやった。
その瞬間だった。

ぶうおおおおおぉぉぉぉっ！

まるで山伏がふくほら貝のような音が周囲にこだまし、カイトは、右ななめ方向に急降下すると同時に、すぱっと、かき消えてしまった。
「えっ!?」
そのまま地面に視線を移し、わたしは再び驚愕した。
つい先ほどまでそこにいたはずの、おどるようにカイトを操る人の姿も、忽然と消え失せて

いたのだ。

「こ、こりゃあ……こりゃあまずいっ！」

まだ泣きじゃくる娘を一気に担ぎ上げ、乗ってきた車に向かって、わたしは全力疾走した。

なんとか自らも落ち着きを取りもどし、家への道程を、いつもよりゆっくりと慎重に取って返した。

そして落ち着いてくると同時に、あるひとつの記憶が、わたしに呼び覚まされた。

先ほど、泣き出した娘に手を焼いていたとき、わたしは、すぐ背後に強烈な人の気配を感じていた。あれは、いったいなんだったのだろうか。

たんす

わたしが以前、産業廃棄物の収集運搬会社を営んでいたころの話。
ある年の夏、一軒の中間処理施設へ顔を出したときのことだ。
その日は、朝から本当に暑かった。
施設のまえには、廃棄物を積んだダンプカーが、長蛇の列を作っており、順番を待つドライバーたちが、車外へ出て話しこんでいる。
わたしと顔なじみのドライバーも大勢いて、しばらく、よもやま話に花をさかせていた。
そこへ、荷物を満載した、二トンダンプカーが入ってきた。
ドライバーは見かけない顔で、ナンバーには〝わ〟が付いている。
「めずらしいな……。『わ』ってことは、レンタカーだろ」
積み荷を見ると、どう見てもまだまだ使えそうな、家具や電化製品ばかりを山積みにしてい

る。

「もったいねえなあれ！　こんなとこに捨てにくるより、リサイクルに回しゃあいいのに……」

ひとりのドライバーがつぶやく。確かにそれは、もっともなことだった。

ここへ持ちこまれるのは、〝廃棄物〟であり、廃棄するのに料金がかかる。それならばリサイクルショップへ持ちこみ、たとえわずかであっても、金にした方が利口というものだ。

そのダンプカーが、話しこむ我々の目前を、まさに通り過ぎようとしている、そのときだった。

「うわなんだ！　すげえハエだぞ！」

「それにこのにおい!!　うえぇ、くっせぇよ！」

ドライバーたちが口々にそういい始め、そのダンプが、我々のまえを通り過ぎたとたん、すさまじい数のハエと、強烈な悪臭を放ったのだ。

わたしは、このにおいには覚えがあった。

富士の青木ヶ原の樹海で、おそるべき怪異を体験したときに、かいだあのにおい……。

熱気と樹海特有の湿気により、人の亡骸が放つあのにおいが、おそろしい記憶とともに鮮明によみがえり、わたしをこおりつかせていた。

「おい、ちょっちょっちょっ！　ちょっと待てっ！」

その声に我に返って見ると、ひとりのドライバーが、先ほどの二トンダンプカーを呼び止めている。

「おいあんた！　いったいなんだこりゃあ？　なにを積んできたんだい？」

「え……いや、ごらんの通りの家財道具……なんですが……」

その男性はどう見ても、ダンプカーの運転手という感じではない。一応、作業着は着てはいるものの、いかにも、どこかのサラリーマン風のいでたちだった。

「あんたこれ……レンタカーだよな？　引っこし屋さんかなんかなの？」

ドライバーが質問を続ける。

「いや、あの……なんと申しましょうか……」

「とにかくさ、こんなくせえもん、持ちこまれちゃ困るんだよ！　ハエだってすごいし、近隣には一般家屋もあるんだから！」

「で、でも、先ほどセンターの方には電話して、事情をお伝えした上で、許可はいただいてます」

なに気なく積み荷に目をやると、さわぎを聞きつけて集まった他のドライバー数人が、荷台でなにかを発見したようだった。

「ああ、これだ！　ほら中村さん、見てこれ！　ここからハエが出てくるんだ。ほら、この布団だよ！」

そういって、ドライバーたちは、荷物の間に、むりやりおしこめられた布団をつまみ出した。

「ああー！　だめだめ!!　それはさわらないでっ!!　だめだって！」

そのようすに気付いたダンプの運転手が、あわてて制止するが、すでにおそかった。

「うわっ！　なんだこれ!!　おええええっ！」

布団をつまみ出したドライバーのひとりが、そういうなり、路肩へ行って、はいている。

とたんに先ほどまでとはあきらかにちがう、大きなハエが飛び交い出し、あたりは軽いパニック状態におちいった。

ハエをさけつつ、荷台にしのび寄り、わたしはその問題の布団を見た。

「うおっ！」
そこには、大量の髪の毛と思われるものがあった。
さらに、丸々と太った無数の虫が、茶色のどろどろとしたものの中で、うごめいているのが見える。
「おおえっ！　なっ、なんだこりゃあ！　あんたいったい……」
わたしの言葉を運転手がさえぎる。
「だ、だから、だめだといったでしょう！」
「『だから』じゃねえよ！　ちゃんと説明してくれ。こりゃあいったい、なんなんだ？」
他のドライバーたちが、運転手につめ寄る。
しかしわたしは、すべての事情が読めていた。この男は〝掃除屋〟だ。
「はい。ちゃ、ちゃんとお話ししますので、なんとかここに捨てさせてください。お願いします！」
「おうおう、もうわかったから、早く教えろよ！」
ひときわ、がたいのいいドライバーが、すごみをきかせて運転手にいった。

「じ、実はわたし、こういう者でして……」

運転手がみんなに名刺を配る。受け取った名刺にある社名を見て、わたしは〝やはり〟と思った。

〈〇〇セレモニーサービス〉

「実はこれは、ある若い男性の持ち物だったんです。残念ながらその方は、女性と別れた直後に、自ら命を絶たれまして……。一週間後に発見されたんですが、なんせこの陽気でしょう。ご遺体がひどく、くさってしまっていて、部屋中とんでもないことになっていました。我々の仕事は、そういった〝事件・事故〟にかかわる、特殊なあと始末をすることなんです」

運転手の説明を聞き、ドライバーたちは気の毒そうな顔を向け、そそくさと退散していく。

わたしも自分の用事をすませ、処理施設をあとにした。

一週間後、ラーメン屋で昼食をとっていると、わたしの携帯電話が鳴った。

「ああ、もしもし、どうもどうもどうも！　Sですが……」

この元気丸出しの声は、先ごろ行った処理施設の所長だ。

「いやあ実はね、ちょっと困ったことになっちゃって……。今日の夜でも、ちょっとお会いできませんか？」

この所長は、〝困った〟を口にすることはめったにない。よほどのことであろうと、わたしはその晩の訪問を快諾した。

「なんです？　困ったことって？」

所長のもとを訪ねたわたしは、すぐに本題を切り出した。

「う～ん……なんていったら、いいもんかなぁ。……あのね、中村さん、思い切って話すけどね。いい？　おれがおかしくなっただなんて、思わないでよ」

「そんなことは思いませんから、どうぞ続けてください」

「よしっ、うん、じゃあ話そう。中村さん。あなた……幽霊ってもんを信じますか？」

「……」

「うん。わかってる。変なことをいってるのは、わかってるんだ。うんうん」

そういう所長の顔から、じょじょに血の気が失せ、額からは一筋の汗が流れている。

「Sさん。ぼくはそういったものは、ひと通り理解しているつもりですよ。いったいなにが……」

「そうかっ！　おお、そうだったかっ！　わははっ、いやあよかったぁ」

所長の口から語られた話は、おおよそこんなことだった。

S氏が所長を務める中間処理施設には、十数人の外国人労働者が常駐している。

現場のすぐわきに宿泊用の建物を建て、夜間の施設の警護も兼ねて、全員、そこで寝泊まりしていた。

例のセレモニーサービスのことがあったすぐあとから、そこに寝泊まりする外国人たちが、妙なことをいって、さわぎ出したという。

「妙なこと？」

「そうなんだ。いや、それがね……」

外国人たちが「夜中、施設内に、見知らぬ男が侵入してくる」と、いい出したというのだ。

場内には感知式のセンサーライトが大量に設置されており、入り口のすぐ横には、番犬にオ

オカミのような顔をした、大きなアラスカン・マラミュートが五頭も飼われている。
その犬たちにほえ立てられることなく、感知式のライトに照らされることもなく侵入し、その男は、いつの間にか施設内をうろついているというのだ。
その姿を宿舎の二階から見ていた、ひとりのパキスタン人が、おどろいて声をかけた。
「アナター！　ナニシテマスカ！」
ところが、その声にいっさい反応することなく、男は施設内を歩き回り、やがて家具ばかりを集めたエリアの周辺で、かき消えてしまうという。
「それがさ、ここんとこ毎日でね。中でもほら、中村さんもよく知ってる、フィリピン人のパブロ！　あいつなんか、『フィリピンに帰ります』なんて、いい出しちゃってさ。
それを聞いた他の連中も同調し出しちゃって、もう困っちゃってんだよ。
なんかいい手立てはないもんかね……？」
「手立て……ですか」
「いまの状態でも人手が足りないのに、まとまって辞められでもしたらもう……」
所長はほとほと困り果てている。

「わかりました。じゃあ、明日の晩にでもちょっと行ってみますよ」
「そうですか！　そうしてくれますか！　いやあ、なんだか悪いですね……」
初めから、それがねらいだったくせに……と思ったが、それはだまっていた。

翌日、わたしはとちゅうのコンビニで飲み物を買いこみ、作業が終わった時間を見計らって、施設を訪ねた。

そこで働く外国人たちは、みんなとてもいい男たちで、わたしの訪問を心から歓迎してくれている。S氏の計らいで、宿舎に大量の酒と寿司が運びこまれた。まるで学生時代のたまり場のようで、わたしはひととき、楽しい時間を過ごす。

夜もふけ、あたりがしーんと静まり返り、日が変わるころには、ぽつぽつと雨が降り出した。

かべにかかった時計を見ると、夜中の一時を少し回ったあたり。

ふとパブロが、わたしに話しかけてきた。

「ナカムラ。ゴメンネ。ヤナコト……サセテル」

「いや、いいんだ。Sさんとは昔から友だちだし……こうやって、みんなと酒も飲めるしね」

それを聞いて、パブロはにっこりと笑った。
と、そのときだった。
「イタッ！　アソコッ！　イタイタイタッ！」
先ほどから、窓の外をじっとにらみつけていた、同じフィリピン人のマイケルがさけぶ。
全員が立ち上がり、窓から場内を見下ろす。
広い作業場の真ん中に、ひとりの男性の姿が見える。
「あんたっ！　そこでなにしてるんだ！」
わたしは窓を開けてさけんだ。
そして、いうが早いか、待機していた全員が一丸となって、階段を駆け下りていく。
場内に行ってみると、先ほどの男性は、まだそこにたたずんでいる。
それまでの気合はどこへ行ったのか、だれひとりとして男に近付こうとしない。男を遠巻きにして、みんなでようすをうかがう。
そのときだった。わたしの頭の中に、男の声がワンワンとひびいてきた。

たんすを……ぼくの……たんすを探して……

たんす、たんす、タンス、たんす、たんす、タンス……

「うわわっ！　頭……いてえ！」

わたしの頭の中で、延々とくり返される声。

頭をおさえながら周囲を見ると、数人が家具の集積場へ走っていくのが見えた。とたんにそれまでひびいていた声も、男性の姿も消えてしまっている。

急いでみんなが向かった方へ駆けていくと、数人がかりで、ひとさおのたんすを引っ張り出している。

「なにしてるんだ!?」

「ナカムラ！　ワタシ　ワカッタ！　アノヒト、コレサガシテル！」

おくから出してきたのは、自分で組み立てる様式の、簡易なたんすだった。

「ナカムラ！　コレ、コレミテ！」

パブロがそういうなり、とびらを開けて中を指さす。おそるおそる、その中をのぞくが、別

段変わったところはない。
「チガウ　チガウ、ナカムラ！　ココダヨ！　ホラ！」
彼が指さすところ。それはたんす内部の天板だった。
そこに、透明の保護用ビニールに入れられた、一枚の写真が貼られていた。
「キノウ、ワタシ　ミツケタ！　デモ、ワタシ　トレナカッタ」
パブロがいった。
ふたりの若い男女が、にっこりとカメラに笑いかけ、おそろいのニット帽をかぶった優しげな写真。
それをはぎ取り、手にした瞬間、えもいわれぬ感情が打ち寄せてきて、わたしは、どうにも涙を止めることができなかった。
ふけどもふけども、次々あふれ出る涙。
おそらくそれは、その場にいた全員が、感じたにちがいない。
方々からすすり泣きが聞こえ、全員、しばらくの間、そぼ降る雨の中、ただただ立ちつくしていた。

翌日、わたしはさっそく所長に昨晩のことを伝え、写真を手わたした。
後日、その写真は、例のセレモニーサービスの人に届けられ、無事、遺族のもとに返されることとなった。

わたしは、自殺する者を単純に弱い者とは思わない。
しかし、自ら命を亡くそうとする人たちには、いま一度、立ち返ってほしい。
自分が幼かったころもらった、お母さんの優しい心。おばあちゃんやおじいちゃんがくれた、温かい心。だれかが注いでくれた温もり、そして自分が歩いてきた細く長い道。
逝ってしまったあと、見てしまうんだ。自分の葬式で泣く人たちの背中を……。
いくら謝っても聞こえない、いくらさけんでも、その声はどこにも届かない。

最後の一線をこえるまえに、いま一度立ち返ってほしい。

池袋の少年

その日は朝から、池袋で映画制作の打ち合わせがあった。
配給やPR方法などをつめながら、昼食にそばをすする。
なん人かが、腕時計を気にし始めたのをきっかけに、その日は散会となった。
わたしはいったん家へ帰ってから、八王子へ向かうため、西武口へと向かっていた。
そばのつゆを全部飲んだからだろうか、なんだか異様にのどがかわく。
電車の切符を買い、池袋駅構内にあるコーヒー店で、アイスティーを飲むことにした。
ウィンドーまえの席に座り、冷えたアイスティーにストローを差しながら、なんとなく、目のまえを行き交う人たちに目を向けた。
（んん？　な、なんだ、あの子……？）
せわしなく歩く人ごみの中に、異様なものが見えかくれしている。

七、八歳くらいの男の子……。それも、全身、ぼろ切れをまとっている。
その姿は、まるで、資料映像や写真などで見る、戦災孤児そのものだった。
その男の子が、行き交う人々にまとわりつき、なにかを懇願しているように見える。
しかし、それはとっくに〝生きるのを止めている〟とわかった。
その子だけが、モノクロなのだ。しかも全身がゆらゆらと、かげろうのようにゆらいでいた。
そう、ここは池袋なのだ。
太平洋戦争中、空路を見失ったとされるアメリカの戦闘機・B-29が、街をあと形もなく焼きつくし、未曾有の犠牲者を出した、あの池袋なのだ。

消えて見えなくなる寸前、一瞬ではあったが、わたしの方をふり向いた男の子は、決して泣いてはいなかった。

「まだ……いるのか」

戦争が終わって、すでに七十年以上。気がつくと、不意にそんな言葉がもれていた。

必ず転ぶトイレ

二十数年まえ、ある街の繁華街をすこしはずれたあたりで、わたしは一軒の喫茶店をやっていた。

喫茶店といっても、いまとは少しようすがちがって、テレビゲームタイプのゲームを置いたゲーム喫茶。どこの店でも、二十四時間を通して満席だった。

わたしはある人の紹介で、〝いぬき〟で店を手に入れた。

いぬきというのは、まえに営業していた店の設備をそのまま、買ったり、借りたりすることをいう。

ドガンッ！　ガラガラ……

「な、なんだ!?」

トイレからものすごい音がして、ほどなく、常連さんのひとりが、腰をさすりながら出てきた。

「なにやってんすか？」

「いやあ、用を足し終わって立ち上がったら、うしろにひっくり返っちゃったよ」

「だいじょうぶすか!?　……トイレ」

「トイレの心配かよ！」

その日は、そんなじょうだんをいって、笑っていた。

ガラガラガシャアッ!!

ところが、それからというもの、まったく縁もゆかりもない人たちが、たびたび同じようにして、トイレでうしろにひっくり返るのだ。

そのうち、トイレに立つ人を見ると、「お大事に」なんて声をかける常連も、現れるほど

だった。
店のトイレが、特別に変な造りをしているわけではない。どこにでもあるような、ごくごくありふれた、ふつうの和式トイレだった。

開店から半年もたったころのことだ。
その日も店には常連をふくめ、かなりの数のお客さんがつめかけていた。
その中に、近所で昔から青果店をやっている、幸さんという人がいた。
自分がいつも使っているゲーム台に先客がいるため、その日は、カウンターでコーヒーをすすっていた。
そんなとき、ひとりの客がトイレに立った。
そのうしろ姿を見送りながら、幸さんが、ぽつりとこんなことをつぶやいた。
「やっぱりなぁ……あんなことがあれば、なにか影響が出たりするもんなんだろうかねぇ」
わたしはそれを聞きのがさなかった。
「ちょっとちょっと幸さん！　なにそれ？　あんなことってなに？」

「え！　いやあ、あの……」
幸さんは、わたしが知らなかったとは思わなかったようだ。わたしのつっこみに面食らっている。
「なんかあったのここ!?　ちゃんと教えてよ幸さん！」
わたしは、なおも問いつめた。
「あんた、なにも知らないで、ここ、やってるのか……そうか、知らなかったのか……」
〝ご近所さんのことだからね〟とまえ置きして、幸さんは、ぽつりぽつりと話し出した。
「あんたがここへくる一年ほどまえ、この店は、忍さんという女性がひとりでやってたんだよ。なんでも以前は夜、店をやってたらしいが、寄る年波に勝てなかったとかで、それまで、こつこつ貯めた金でこの店を開いたんだ。
まぁ、忍さんとしては、どこにでもあるような、いたってふつうの喫茶店をやりたかったらしいんだけどね」
「そ、それで？」
わたしはもどかしくなり、せかすように幸さんに聞いた。

「ある日、いつものように近所の常連が集まって、世間話やらなにやらでもり上がってたんだ。そう、おれはあの日もこの席に座ってた。するとな、忍さんが、急に立ち上がって、自分の胸をおさえて苦しそうな表情を見せたんだ」

「苦しそうな？」

「そう。こう胸をおさえてな、眉間にしわ寄せて、いかにも辛そうだった。おれが『どうした？　だいじょうぶか？』って声かけたら『うんうん』ってよ。そのあとは引いてた血色ももどって、『はぁー』って大きなため息をついてた……。

他の常連が『どこか悪いんじゃないの？』っていうと、『この間から、たまあに動悸がするのよ』っていうんだ。それ聞いて、うちのおくさんが、心臓わずらったときのことを思い出したおれは、『一度診てもらった方がいいぞ』って進言したんだが……」

幸さんはそこまで話すと、すっかり冷めたコーヒーをまたすすった。

「その次の日だった。おれはいつも通り、昼飯を食いにここへきたんだ。忍さんの手作りカレーは定評があったからな。

あれは……十一時半くらいだったと思うが……。きてみると、だれもいないのよ。

いままでにそんなことはなかっただけに、なんだか変な胸さわぎがしたんだ……。

カウンターの中や、厨房をのぞいても猫の子一匹見あたらねえ。〝もしや！〟と思い立ち、トイレへ行ってな、内側のドアのまえで『いるかい？』って声かけたんだ。ところが中からは返事はねえ。試しにドアノブ回してみたら、中からかぎかかってるじゃねえか！　こりゃ大変だ！　と思って、渾身の力こめて引っ張ったら、思いの外、簡単にかぎはこわれちまったよ。そしたら、……その中で……彼女は息、絶えてた。心筋梗塞でな……。

人間なんてなぁ、実にあっけないもんだねぇ」

「ええっ！　そ、それって、そっそっそのっ、うちのトイレの話だよね!?」

「さっきから、そういってるだろ？」

「それがさ、やっぱりうしろ向きにな。ほれ、ここんとこ、いろんな人がこけるだろ？　あれと同じように、彼女はうしろ向きにたおれてたんだよ」

それからすぐに、わたしは他の物件を探した。

頭骨の授業

わたしは小学生時代、数回、転校をくり返した。これは、最後の転校先となった北国の小学校での話だ。

それまでは、どこへ行っても女性が担任だったわたしにとって、新たに転入したあのクラスは衝撃的だった。

まず担任が男性。理科専任の中年の先生で、大きな声とあらっぽい口調が特徴だった。

ところがそのS先生は、当初の印象とはちがって、わたしがクラスになじんでいくことに、心血を注いでくれ、すべてに対して真剣に、そして温かく対応してくれた。

転入して、しばらくしたある日のこと。

理科室に集まった生徒をまえにして、S先生は難しい顔をして話し出した。
「みんなは人の骨というのを、見たことはあるだろうか」
みんなが一瞬、ぎょっとするのを見て、S先生は続ける。
「骨といっても、そこにある標本じゃないぞ。本物の人骨だ」
「ええーっ！」「見たことなーい！」「気持ちわるーい！」
みんなが口々にいって返す。
先生は、そんな反応を、待っていたかのようにいった。
「実はねみんな。ここには『本物の人間の骨』があるんだよ」
先生のその発言を耳にしたとたん、わたしは心の中で「やっぱり」と確信した。

この学校に転入するなん日かまえのこと、わたしは寝入りばなに、おかしな夢を見ていた。
茶色く変色した人間の頭蓋骨が空中にただよい、ゆっくりと回転を始める。
それは次第に、すいすいと移動を始めた。
わたしは、なぜかそのあとを追いかけなくてはいけない！　という衝動に駆られ、まるで彗

星のような尾をたなびかせる、頭骨のあとを追いかける。
そしてたどり着いた先がここ。そう、いまいる学校の理科室なのだ。
当初は、なぜ頭蓋骨なのか？　なぜ学校なのか？　と、単純な疑問を持っていた。
最近になって、（もしかすると、学校内に答えがあるかもしれない）と、感じ始めていた矢先のことだった。

結局、その日は、「本物の人骨がある」という話が出ただけで、実際に見せてもらうことなく終わった。
しかし、みんなの心の中には〝自分たちの学校のどこかに、本物の骸骨がある〟という、一種の恐怖心が根付いたことは、事実だった。
〝いったいその骨がどこにあるのか!?〟という疑問が、子どもたちの中で、日を追うごとに強くなり、そのうち、いまでいう、都市伝説的なうわさまで流れ始めた。

「校長室で、ホルマリン漬けになっているのを見た！」

「家庭科室のたなの中にあった！」

「音楽室の用具倉庫にかくしてある！」

しまいには「実は美術室のダンテ像の中身には、本物の人骨がうめられていて、夜な夜な校内を徘徊している！」なんていうのまで出現する始末。

いま思えば、笑い話にもならないようなものだが、当時の子どもたちにとっては、どれもが〝リアルな恐怖〟であり、中にはうわさのある場所には、ひとりで近寄れないなんて子まで出始めた。

そんなある日のこと、わたしはS先生から、ひとつの用事をおおせつかった。

「理科室から一〇〇ミリリットルのメスシリンダーを五つ、職員室に運んでおいてくれないか」

理科室といえば渦中の場所。しかし、まだ転校から日が浅いわたしに、同行してとたのむような友人はいない。

時間は六時間目が終わってしばらくたっていたため、おそらく夕方の四時半くらいだったよ

うに記憶している。
きれいにみがかれたタイルの上を歩く、自分の足音だけが、妙にヒタヒタと鳴りひびく。
まるでこの世界には、自分ひとりしかいないかのような錯覚におちいってくる。
いちばん上の階まで上がり、ホールを横切って、いくつかのろうかの角を曲がる。
その先に、まっすぐにのびた、ろうかが現れる。理科室はそのつきあたりにあった。

肝をすえて歩を進めるが、先生に預かったかぎの束が、いつの間にかじっとりと汗でしめっている。
なんとかつきあたりまでたどり着き、かぎをドアノブに差しこもうとするが、なん本もぶらさがったかぎの束のうち、いったいどれが〝あたり〟なのかがわからない。
「あれ？　確か赤のテープが貼ってある……いや、青だったっけ……？」
物覚えが悪いのはいまも変わらない。
あれこれやってはみるが、なかなか〝あたり〟にたどり着かず、わたしは内心いらいらしていた。

（こりゃあ、先生に聞きにもどった方が早いな……）

そう思って、わたしは、とりあえずその場を立ち去ろうとした。

そのとき、ふとあるものに目が行った。

理科室の左側に隣接する形で設けられた、理科準備室。

ちょっと動いて立ち位置と視点を変えると、準備室の入り口にあるガラス窓から、中に置かれた、さまざまな動物たちの剝製が見えることに気付いた。

それまで剝製といえば、自宅にあるムツオビアルマジロしか知らないわたしは、めずらしい動物たちの標本に、しばらく、くぎ付けになってしまった。

エゾフクロウ、オジロワシ、ハクビシン、キタキツネ……どれも見たことのない動物ばかり。まるで動物園にいるようで、楽しくて、その場所にまつわるおかしなうわさなど、たちどころにふき飛んでいた。

（あ！　かぎ……）

わたしが、とつぜん、現実に立ち返り、急いでその場をはなれようとしたときだった。

視界の右はしあたりで、なにかがかすかに動いたように感じて、わたしは固まった。

反射的に目を向けた先……それは、さまざまな実験器具が並べられた、たなのいちばん上に置かれたひとつの木箱だった。

いままさに、そのふたがかすかではあるが、開いたり閉まったりしているのが確認できる。

人間というのはおかしなもので、そうなるとそこから目をはなせない。

まるでその箱の中に、小動物かなにかがいて、それが必死におし上げているかのように、不規則に、カタカタとふたがうき上がっているのだ。

「うわああっ!!」

そこに尋常でないものを感じたわたしは、一目散に職員室に向けて駆け出した。

中へ飛びこむと、S先生は数人の先生たちと談笑していたが、すぐにわたしに気付いた。

「なんだ中村、いったいどうした!?」

わたしは、はずんでいた息を落ち着かせ、いま見たことをくわしく話した。

すると、その場にいた先生たちの顔色が、一気にさっと変わったのを、いまでも覚えている。

しかし、S先生だけは、なんだかしらけた顔をしていた。

「気のせいだ、気のせい！　なにかを見まちがえたんだろう？」

そういって、先生はまったく取りあってはくれなかった。

翌日、S先生は四年生全員を一堂に集め、こういい放った。

「いいかおまえたち！　この世に科学で解明できないことなんかない！　最近くだらないうわさを流す者がいて、昨日も、ある者が職員室に飛びこんできた。

こわいこわいと思っていれば、どんなものでもこわく感じられ、実際にはないものまで、見たように錯覚してしまうんだ！

いいか！　今後いっさい、そのようなうわさは絶対流さないように！」

そして、最後にこうしめくくった。

「いまから、ひとクラスずつ全員に、その問題になっている人骨を見せる。一組から順番に理科室にきなさい」

そういうと先生は学年集会を閉会させ、わたしたちは、いったん、それぞれのクラスにもどらされた。

数十分後、自分たちのクラスの順番が告げられ、こわいもの見たさのかたまりが理科室へと

向かっていく。

「いいかおまえたち。これからみんながさわいでいる、本物の人骨を見せる。この世にそんなうわさにあるようなおそろしいことなど存在しない！　ということをちゃんと知ってほしい。

この骨は、ある教育熱心な学校の校長先生が、『わたしが死んだら骨格を標本にし、子どもたちの教育に役立ててほしい』と遺言を残され、それをまっとうした善意の結晶なんだ。おまえたち、失礼なことをいってると、それこそ、ばちがあたるぞ！」

そういうとS先生は、教壇の上に置かれているものにかけられた、白い布をはぎ取った。そこから現れたのはひとつの桐の箱。そう。それは昨日見た、あの木箱だった。

あの日職員室で見た、一瞬にして変わった先生たちの顔色……。

たびたびわたしの夢に現れた、宙にうかぶ頭骨……。

そして、自らふたを開けようとする、桐の箱……。

これらはいったい、なにを意味するのだろうか。

それから数十年後のことだ。

わたしはひょんなことから、同じ小学校を卒業した、鈴木という人物にめぐり合う。
彼は都内にあるアパレルメーカーに勤めていて、わたしより五歳ほど年上だった。
同じ小学校を卒業したという、極めて確率の低いことに喜び、それからなんどか飲食を共にする機会があった。
なんど目かの食事のあと、彼の口から思ってもみない、衝撃的な事実を聞かされた。
「正門をくぐると、二階の正面玄関に上がるための、幅広い階段があったの覚えてるか？」
「もちろん覚えてますよ！　とちゅうにおどり場がある、大きな階段ですよね？」
「そうそう！　あれは……おれが一年生のころだったっけなぁ。いやあ、あのときは、まじでびっくりしたっけ……」
鈴木さんが遠い目をしていう。
「あの階段で、なにかあったんですか？」
「あったなんてもんじゃないよ！　骸骨だよ骸骨！」
「……えっ!?」
鈴木さんの思いもよらない言葉に、わたしは、持っていたグラスを落としそうになった。

「あれはいまでも忘れないけどさ、おれたちが放課後、あの階段で遊んでたんだよな。ああほらほら、あの階段って、下が空洞になってて、人がたくさん入れるような、広めのスペースがあったろ？」

「はい、それも覚えてますが……」

「あの下が土になっててさ、みんなであの下に入りこんで、土ほじくって遊んでたのよ。ものの十センチも掘ったころだったかな。なんだか茶色っぽい、妙なプラスチックみたいなのが沢山出てきたんだ。最初は気にしなかったんだが、とうとうおれが〝頭〟を見つけちまった」

「……頭骨」

「そうそう！　もうそれから大さわぎになっちゃってな。警察はくるわ、新聞記者はくるわで大騒動だよ」

「な、なんで、そんなところから人骨が……」

「あれ？　聞いてないのか、あの学校の歴史？」

「ぜんぜん知りません」

元々病院のあと地なんだそうだ。まぁ、戦争していたころのことだろうけどな……」

その話を聞いた数年後、〝本物の人骨を使って授業をしていた〟として、北海道内の中学校教諭数名が検挙された。そのときの新聞記事や、テレビのニュース映像に映し出されていたのは、まさにあのときの桐の箱だった。

自らふたを開けようとする、桐の箱……。

本物の人骨を教材とすることは、きちんとした手続きをすれば、違法ではない。

ただあの骨は、S先生のいっていた通り、本当に〝善意の結晶〟なのだろうか。もしそうでないとしたら、いったい、あの骨はどこのだれなのか？

鈴木さんの話にあった、階段下から出てきたそれだったのではないだろうか……。

骨の主に対し、一日も早い安住と心からの冥福を祈りたい。

となりの住人

東京・中野区にすむ友人・佐藤の家での話だ。

いまから十数年ほどまえのこと、佐藤からとつぜん、電話があった。

「今夜、カキなべでもしようかと思ってさ」

「それを自慢するために、わざわざ電話を？」

「いやいや、おまえをさそってんじゃんかっ！」

いじるのはそのくらいにして、わたしは、ありがたくおじゃますることにした。

佐藤の自宅は、〝幽霊が出る上、障りも出る名所〟として名高い、哲学堂公園のそばにある。

〝障り〟というのは〝霊障〟のことだ。

わたしの家から佐藤の家まで、小一時間。とちゅうのコンビニでビールなどを買いこみ、カキを目指して先を急ぐ。考えてみれば、佐藤の家へ行くのは、それが初めてだった。

着いてみておどろいた。

（いまだにこんな借家があるのか……？）

そう思うほど、昭和というより大正時代の、妙な具合の和洋折衷の建物。しかも周囲は、草ぼうぼう、都内とは思えないような雰囲気だ。

戸建の二軒の家が、背中合わせにくっついている、そんなイメージだ。

「マ、マンションだとばかり思ってたよぉ……」

佐藤の家に入るなり、わたしは正直にいった。

「ぼろくて、びっくりしたっしょ？」

「あ、味があって、いいんでないの……」

それから、たわいない話をしながら、ふたりでカキなべをつついていると、いきなり佐藤が口火を切った。

「ここねぇ、出るんだよ」
「げほっ、ごほっ！　なっ、なにがよっ!?」
熱いカキが、わたしののどに吸いこまれ、あやうくやけどするところだった。
「出るっていったら……あれしかないっしょ」
「あのな、おれは別に、そういう話を集めているわけではないのだよ……」
わたしがそういったときだった。
どこからともなく、ザザァーッと、トイレの水が流れていく音がする。
続いてバタンッと、ドアを閉める音。
「かべうすいからさ、なんでも、まる聞こえなんだぁ」
佐藤がのんびりした声でいった。
「うーん、しかしおとなりのトイレの音は、聞きたくないよねぇ」
「確かに」
そういってふたりで笑った。
このまま長居をしてはきっと、いや絶対に、また〝出る〟話になる。わたしはさっさと切り

上げて、このへんでおいとましようと立ち上がった。
「さて……っと。そろそろ帰るわ」
「……そうか。泊まっていかんのか？」
「泊まるかっ!!」
「じゃあそこまで送っていくよ」
佐藤といっしょに玄関を出たわたしは、妙なことに気付いた。
さっきまでトイレの音がしていたおとなり……。まだ十時手まえだというのに、明かりが点いていない。
いや、明かりどころか、よく見ると、ガラスはそのほとんどがわれ、玄関の引き戸には厳重に板が打ち付けられている。
「な、なんだ？　これ、だれも住んでいないんじゃ……」
「あのトイレの音さあ……毎晩、聞こえるんだぁ……」
それ以来、佐藤の家には行っていない。

床上浸水

その日は、仲間数人で友人の家に泊まり、翌朝から、近くの渓流へ釣りに行く予定だった。

夜は、男同士の話に花をさかせ、飲み明かしていた。

午後十一時を回ったころだったろうか。とつぜん、強烈な稲光が走った。と同時に、文字通りのゲリラ豪雨におそわれた。

「外、ものすげえことになってるぞ」

「このボロ家、流されねえだろうな？」

泊まらせてもらっているくせに、家主に平然と失礼なことをいう。そのときはまだ、そんなじょうだんをいう余裕があった。

そのうちに、なんどか停電に見まわれた。

その都度クーラーが停止し、男だけのむさ苦しさが倍増する。

「まあ、そのうち止むんじゃね？」
だれかがそういうと、ひとり、またひとりと、ごろごろと横になり出した。
仕事のつかれも手伝ってか、はげしい雷雨の音を聞きながら、わたしもいつしか、うとうとしていた。

「……ない　……ぶない……　げなさい……」

それはとつぜん聞こえた。
まるでわたしの頭の中に、直接ひびいてくるかのような声。
優しい女性の声だった。
そのとたん、わたしは猛烈な胸さわぎがし出した。落ち着こうと、起き上がってタバコに火を点けようとした。
「なあ、いまの声ってだれだよ？」
そういって、わたしのとなりで寝ていた香川が起き上がる。

「おう、おれも聞こえた！　あぶないって……」
「おれは『にげなさい』って聞こえたぞ！」
次々みんなが起き出した。
「ちょっと待て!!　シッ!!」
家主が、床に耳をつけたままそういった。
「……水が……水が流れてる音がする……」
その場にいた全員が総毛立つ。
急いで窓から外をのぞくと、周囲はまるで海のようになっている。
その家が建っているのは、極端に低い場所ではなかったが、すでに庭のぬれ縁が水につかっている。
「おい、まずいぞ!!　大事なもの大事なもの！　ほ、保険証とか通帳とか！　とにかく全部バッグに入れて、避難できるようにしろ！」
わたしの声を合図に家主は駆け出し、おくの部屋から取ってきたスポーツバッグに、通帳や印鑑、保険証書などをおしこんでいく。

「やばいやばい！　おくの部屋はたたみから水がしみ出してるぞ！」
「早くにげよう、たしか裏にがけがあったよな!?　あれがくずれたら一巻の終わりだ!!」
口々にみんながいった。
「ちょ、ちょっと待て！　待ってくれ！」
そういうと家主は、再びおくの部屋へ走っていった。
「なにやってんだ！　早くしろっ！」
香川の言葉に、家主が答える。
「位牌だ……おふくろの……」
みんな背の高い４ＷＤに乗っていたため、車はまったく被害を受けていなかった。全員で一目散に車に乗り、高い場所を目指す。

少しはなれた台地に避難し、車を降りて、状況を確認する。
すこしまえまでいた家は、まさに軒まで水に飲みこまれようとしていた。

「おふくろの声だったなぁ……」
消えゆく生家をながめながら、家主がつぶやいた。
「……そうか」
「ああ」
我々を救ってくれた、あの優しい声は、わたしも忘れられない。

人形の家

これはわたしが小学四年生のころの話だ。

北鎌倉にある親戚の家に泊まりに行くのが、毎年夏にやってくる最大の楽しみだった。

母親の遠縁らしいのだが、とにかく大きくて、古い家だった。

部屋の周囲を取り巻くように回り縁がある。

建物を囲む庭園は、専属の庭師が整備し、その中央にある池には、大きな錦鯉が悠然と泳いでいる。苔むした石積みに、風情のあるししおどし。

そのすばらしい風景は、なんども著名な写真家が撮った写真集に納まったという。

その家には正臣という、わたしと同じ年の男の子がおり、近くのタマネギ畑をほじくり返したり、近所の犬の毛を刈ったりと、ふたりでやんちゃな少年期を過ごしたものだ。

そこに住む親戚たちも、みんな大変大らかな人柄で、我々をしかり付けることもなく、いつもにこにこと笑って見ている。

わたしは、そんなぬるま湯のような、ほんわかと温かいその家が大好きだった。

ところが、その家にはひとつだけ、変わった趣味があった。

人形。

家中のいたるところに、造り付けの人形専用だなが設けられており、中には古めかしい日本人形がところせましと置かれている。

てのひらにのるような小さなものから、当時の我々の身長を軽くこすようなもの、きれいな十二単をまとっているかと思えば、土にまみれた農民を模したようなものもある。

中には、本などでしかお目にかかれないような、からくり人形や、手や首などの人形の一部のパーツまで置いてある。

いずれもガラスケースに収められ、家人からは〝絶対に手をふれないように〟と、厳しくいわれていた。

いわれるまでもなく、わたしは人形に特別、興味はない。
しかし、その家にあるおびただしい人形の中にあって、たった一体だけ〝気になる〟存在があった。もちろん〝いい意味で〟ではない。

わたしがその家に泊まりにいくときは、いつも同じ部屋を寝室としてあてがわれた。
庭園に面した角部屋で、その部屋に面したろうかの角に、〝それ〟は置かれていた。
そこを通るだけで鳥肌が立つ、なんとも忌まわしい気を放つ人形……。
それは、身の丈一メートルほどの和製の操り人形だった。
「なにがどうこわいんだ？」
家の者は、みんなそういった。
わたしにも特別な理由など見つからなかった。ただこわいものはこわいのだ。
だからその場所を通るときには、わたしは、いつも一瞬、目を閉じて行き過ぎるように心がけていた。

ある日のことだ。
朝から正臣と、歯をみがく順番でけんかになった。
いま思えば実にささいな理由なのだが、少年だった我々にとっては重大な事件だった。
口もきかなければ、目も合わせない。たがいに横にも行かなければ、食事も別。
そんな重苦しく、険悪な空気が延々と続き、いつしか時計の針は夜六時を指している。
一家のそろう夕食は、さすがに同じ席につくことになったが、正臣がとつぜんこんなことをいい放った。
「お母さん、今日は、ぼく自分の部屋で寝るから！」
正臣はわたしが泊まりにいったときだけ、例の角部屋でいっしょに寝ていた。
無用に広く、例の人形がそばにいる部屋で、ひとりで寝るのはおそろしい。
でも仮にも男の子が、それをあからさまにいうのははずかしく、「臣ちゃん、いっしょに寝ようね」と、いつもさそっていた。
思い返すと、正臣はそれに気付いていたのだろう。
（うわあ……今日はひとりで、あの部屋に寝るのかよ……こえーよぉ！）

さけぶ寸前だったが、わたしの意地っ張りな性格は、そのころから変わらない。
正臣に「けんかしてごめん」とも、「いっしょに寝よう」ともいえず、結果、〝あれ〟が間近にいる部屋で、その晩は、ひとりさびしく寝ることとなった。

北鎌倉の夜は早い。
わたしたちが床につく時間には、まるで家中の時が止まったかのように、周囲がしーんと静まり返ってしまった。
それでなくても、だだっ広い家の、だだっ広い部屋。
天井の中心から下がった旧式の照明に、小さな常夜灯だけがぼんやりと光っている。
と、そのときだった。

ギッ！　……イッ……イィィィィィィィィ……

（あっ！　ろうかにある人形ケースのガラス戸が開いた!!）

不思議だが、瞬間的にわたしは、それを直感した。

ゴトッ!!　……ゴッ……ゴッッゴッ……ゴッッ……

続いて聞こえてきたのは、なにかがそこから飛び降りて、ゆっくりとろうかを歩いてくる……そんな感じの音だった。

(わあああああっ!!　なんかこっちくる!　こっちくるううううっ!!)

そう思ってろうかに背中を向けようと、急いで寝返りを打った瞬間!!

ゴッッ!!

「あいたっ!」

なにかえらくかたいものに、強くおでこをぶつけ、わたしは思わず声が出た。

目のまえに……なんとあの人形がいる!

あの人形が、いつの間にかわたしのすぐとなりに、しかも同じ布団の中に横たわっている。

「うわあああああああっ！！！」

声にならない悲鳴を上げ、わたしは布団から飛び出した。すると……

ガチャッ……ガチャガチャガチャガチャガチャガチャガチャ!!

いつの間にか布団の上で半身を起こしているその人形が、とつぜん大きくふるえたかと思うと、今度はひざを使ってすごい速さで近付いてきている。

「うわ！　うわ！　うわっ！　こっ、こないでえええぇぇぇ!!」

涙ながらの懇願も空しく、人形がすぐ眼前までせまり、わたしは思わず目を閉じた。

……？

動く気配が止まった。そう思い、おそるおそる目を開けた瞬間。

「ギョ――――――ッ!!」

それは先ほどまでの、いや、いつも、あのたなに入っているときの、人形の顔ではなかった。
大きく耳元まで裂けた口、その真っ赤な口の中に、するどい牙まで並んでいる。
「わああああああああああああっ！」

気がつくと朝になっていた。
とにかく、少しでも早くみんなのところへ行きたくて、わたしは目覚めた瞬間、ろうかに出ようと障子に手をかけた。
「ありゃりゃあ……」
親戚のじい様の声がする。
「まぁた、こいつは……まったくしょうがねえなぁ！」
障子を少し開けて、わたしは声のする方をのぞき見た。
なんと、じい様が、両手にあの人形をかかえている。
「わああ、おじいちゃん！　そ、その人形はっ！」
「おお、マー坊、早起きだな。あはは、えらいえらい。こいつは、この家の先々代が大事にさ

れてたものでな。いまや国宝級の代物だぞ」
「でっ、でも、そっ、その人形は、さわらない方が……」
わたしはなんとか、声をしぼり出した。
「うん？　いやいやちょっとな、位置がおかしな風にずれていたので、直しておったんだ。そういえばマー坊は、まえからこれがおそろしいといってたな。どれ、ちょっとこっちへおいで……」
「……」
無意識に体が拒否して、言葉が出ない。
「だいじょうぶじゃ。なにも食いつきゃせん」
そういうと、じい様は、その人形をひょいとうしろ向きにしてわたしに見せた。
「ほれ、ここが……この部分が見えるかな？」
指し示す場所に目をこらすと、なにやら首の付け根あたりに、木の取っ手らしい出っ張りが見える。
「いいかな。これを……こうすると！」

次の瞬間、〝かしゃり〟という小さな音がして……

「わああっ!!」

わたしは飛び上がった。

それまでは白ぬりのお姫様だった人形の顔が、まったく別の化け物へと変化したのだ。

まさしく昨夜、わたしにせまってきたあの顔だった。

「うちの先々代は、著名な傀儡師、つまり人形つかいだったと聞く。これは、人の心が鬼へと移り変わる様を演じた、『ガブ』という特別なからくり人形だ。

おまえがこれをおそれるのは無理もない。いろんな役を演じてきた人形じゃからな。きっと、それ相応の『想い』が取り憑いておることじゃろう」

それ以来、わたしがその家へ行かなくなったのは、いうまでもない。

青山という男

一九八二年春。

このわたしも、まだ十八歳という、若さまっただ中で、やんちゃのしほうだい。

まわりは悪友ばかりだったが、その中に青山という、ひときわ悪いのがいた。

凶暴な性格、声はガラガラ、強面、その上、頬と額には大きな傷まであった。

青山は、ふだんから寡黙な男で、余計なことは、いっさい口にしない。

暴れ出すと、まわりのことが目に入らなくなり、まるでそれは鼻先をアブに刺された暴れ馬のようだった。

こんな調子なので、暴力団のような組織から、甘いさそいもあったようだが、青山は頑として、そのようなさそいに乗ることはなく、鉄筋工事の作業員として働いていた。

そんな青山に彼女ができた。

みちるちゃんといい、青山の職場に、毎日弁当を運んでくる仕出し屋さんの娘で、いたってふつうの女の子だ。

わたしは、みちるちゃんに、こんなことをたずねたことがある。

「青山といて、楽しい？」

すると彼女は、満面の笑みをうかべてこういった。

「ものすごく楽しいよ！」

「でもあいつ、なにもしゃべらんでしょう？」

「……うん。でもそばにいると温かいんだ……」

それでいいんだとわたしは思った。

ふたりがいいなら、わたしは、ただそれを祝福してやろう、そう思っていた。

元々仕事にはまじめに取り組んでいた青山だが、彼女ができたとたん、それまでにも増して、仕事に心血を注ぐようになっていった。

それから半年あまりも過ぎた、ある大雨の晩、青山がとつぜん、わたしを訪ねてきた。
ぽたぽたとしずくがたれるほど、ずぶぬれのまま、うちの玄関先にずぼっ……としたようすで立っている。
「なんだ、青山、かさどうした？　かぜひくじゃねえか、とにかく中、入れや」
わたしは青山を招き入れようとしたが、彼は微動だにせず、とつぜんこういった。
「おまえ、おれのダチだよな」
「はぁ？　いまさらなにいってんだ！　そんなこと、決まってるじゃ……」
「親友！　……だと思っても構わんか？」
わたしの言葉をさえぎって、青山は語気を強めていった。
「お、おう、もちろんだよ。なんだおまえ、いきなりきて、なにいって……」
「子どもができた」
「な、なに！　まじかよ！　よかったじゃねえか！」
わたしがそういうと、ほんの一瞬だったが、口元に笑みがうかんだように見えた。
「とにかくよ、それ全部ぬげ！　おれの服貸すから、なっ！　ほら早くしろよ。かぜひいちま

うよ！」

そういってわたしは、彼に貸す着がえを取りに、おくの部屋へ向かった。

たんすを開けてスウェットの上下とパンツを取り出し、そのままバスタオルを取りに洗面所へ行った。

すると玄関から青山の声がした。

「中村ぁ、いろいろありがとな」

「おう！　気にすんな気にすんな」

そう返しながら、玄関へ向かうと……そこに青山の姿はなかった。

わたしはあわてて着がえを床に放り出し、ドアを開けてあとを追おうとしたが、真っすぐのびるろうかには人の気配はまったくなかった。

「なんだ、あいつ、人が折角……」

ルルル

ひとりごちてドアを閉めたとたん、今度は部屋の中で、電話が鳴り出した。

「はい、もしもし！　ああ、みちるちゃんか。たったいま、青山が……な、なんだって!?ちょっと待て、なにいってん……」

みちるちゃんは号泣していた。

わたしも膝がくだけそうになった。声が裏返って、自分でも情けないような声になっている。外の雨にも負けないくらい、どこの滝にも負けないくらい……涙がとめどなく出てくる。

そしてそれは止まるところを知らなかった。

「まぁちゃん……うちの、ひ、ひとね、車にはねられて……そっ、そっ……即死だっ……」

「ふざけんなっ、うそだっ！　あいつはそんなんじゃ……そんなことじゃ、死なねえんだよおぉぉ……」

自分でも、変なことをいっているのは、わかっている。それでも、受け入れることなんかできなかった。思いつく限り、なんでもいいから言葉をはき捨てたかった。

わたしは、受話器をたたき付けると、かべにかけてあった、車のかぎをひったくってろうかに出た。

そこで気が付いた。
足あとだ。雨にぬれた青山の足あとがくっきり残っている。
でもそれは、外からこの部屋へと続く足あとだけだった。一方通行で、帰っていった形跡がない。
「親友！　……だと思っても構わんか？」
「中村ぁ、いろいろありがとな」
青山の声は、いまもわたしの耳に鮮明に残っている。

みちるちゃんはその後も結婚はせず、女手ひとつで立派に子どもを育て上げた。
先週久しぶりに彼女から手紙が届いた。
〝今年三十三になった息子がね、いまはアメリカの〇〇本社に勤務しているの〟
だれもが知っている大手有名会社に勤めている、そう書かれてあった。

生きろ

十数年まえ、土木工事会社を経営していたわたしは、ある元うけ業者に数千万円を持ちにげされてしまった。

その人物を追いかけようにも、数日後、その男は、富士の青木ヶ原樹海で木からぶら下がっている姿で発見された。

取引先への支払い、社員の給料……頭の中をさまざまな問題が渦巻き、数日間、ねむれぬ夜が続いた。

悩みに悩んだ挙句、わたしはひとつの答えを出した……自殺。

いま自分が死ねば、自らかけた保険金がおりる。それですべてがクリアになる。

当時、わたしはひとり身。せいぜい、おふくろが泣いてくれるだろうか……。

そんなことを思いながら、わたしは、自分が死んだあとのさまざまな対策を一枚の紙に記し、

わたしをこんな状況に追いやった、あの男が命を絶った同じ森へと向かった。
とちゅうの金物屋でロープを購入。酒屋で安いウィスキーを買った。
富士ケ嶺のあたりまできて、車を停められそうな場所を探した。
あとからあとから涙があふれて、止まらない。
昔、遊んだ友だちの顔。みんなで歌った〝もみじ〟や〝ふるさと〟。優しかった母の顔。ばあちゃんが作ってくれた煮っ転がし……。
矢継ぎ早に頭にうかんでは、消えていく。
そのすべてにふたをする決意で、ここへきたはずなのに、ぬぐってもぬぐっても、あふれ出る涙で、袖はぐしょぐしょになっていった。
そのときだった。
「車止めろ！」
どこからともなく声が聞こえ、ものすごくおどろいた。
それでもなお、車を走らせていたら、今度はいきなり頭をなぐられた。
もちろん、車にはわたしの他、だれも乗っていない。

「聞こえねえのか！　車止めろっていってんだよ!!」
ふたたび、はっきりとどなられ、たまたま見つけた駐車スペースに、わたしは車を停めた。
すると今度はすぐ真横から声がした。

「生きろ!!」

兄だとわかった。
わたしが生まれる二年まえのクリスマスの日、生後五日で亡くなった実の兄。
自分の命は、兄とふたり分であることを、わたしは忘れていた。
タバコを一本吸い、外に出て空気を吸い、それから、わたしは家へ向かって車を走らせた。
そのあとは転機にめぐまれ、なんとかかんとか、いまのわたしがある。
兄に感謝だ。

最後に

この本の中には、思わず目を背けたくなるような惨状や、そのような表現がされている箇所が出てきます。読んでいただける方の様々な年齢を思うとき、そこに配慮し、表現を変えるべきだったのかもしれません。

しかし現実はちがいます。

たとえこの本の中でそれをかくし、あたりさわりのない言葉づかいでいい表しても、現実は常に過酷なものです。それで純然たる「人の死」「人の心」「人の道」を描くために、あえてこうした表記、表現を用いました。

この日本には、様々なすばらしい文化が継承されています。

歌舞伎、文楽、講談、落語……。それらの中で命を説き、人の情けや魂を称えてきました。

そしてそのすべての文化には、いつの時代も〝怪談〟がつきものでした。怪談を通して「命とは？　人の情けとは？　そして魂とは？」と問うてきたのです。

そんなすばらしい継承があるにもかかわらず、現代はどうでしょうか？

人の亡くなった場所を〝心霊スポット〟と称してあざける、神社仏閣にいたずら書きをする、どこへ行ってもスイッチひとつで明かりが灯り、真の闇はどこにも見あたらない……。

そう。本当の闇は、人の心の中にのみ存在するようになったのです。

わたしは幼少のころから、数々の怪異を目のあたりにしてきました。その中には、おそろしいもの、不思議なもの、悲しいものなどが混在し、多種多様な思い出として形作られています。

「なぜわたしなんだ？　なぜいまなんだ？　なぜ……？」

怪異に出会うたびに、いく度となく同様の疑問がわき、答えの出ないことと知りながらも、母に問うてみたこともありました。

そしてその答えが、ここへきてやっと、見えてきたように思えます。

そう。それこそがこの本の存在なのです。

わたしは過去、数々の教育機関に招かれて、〝道徳怪談〟なるものを実施してきました。しかし、子どもたちに〝本当の怪談〟を示す機会にはめぐまれなかったように思います。

この本にある数多くの話を、読者が「怖い」と感じるか、「気持ち悪い」と感じるか？　そんな中で、もし「なぜ？」と感じる読者がいたならば、わたしの役目は果たされたことになる、そうわたしは考えています。

なぜ彼女は死にいたったのか？　なぜ彼はそこまでのうらみを持ったのか？　そして、なぜこの世に想いを留まらせているのか？

すべてを読み終えたとき、そんな多くの「なぜ？」を読者が感じてくれたなら、わたしは嬉しいかぎりです。

数百兆分の一の確率でビッグバンが起き、数十兆分の一の確率で銀河系ができ、数兆分の一の確率で太陽系ができ、数百億分の一の確率で地球ができ、数十億分の一の確率で人間が誕生し、数億分の一の確率であなたが生まれました。

人を殺しえるほどの苦しみも、自ら命を絶つほどの悲しみも、この途方もない数字のまえには存在しない……ということを知っていてほしいと思います。

中村まさみ

北海道岩見沢市生まれ。生まれてすぐに東京、沖縄へと移住後、母の体調不良により小学生の時に再び故郷・北海道に戻る。18歳の頃から数年間、ディスコでの職業ＤＪを務め、その後20年近く車の専門誌でライターを務める。
自ら体験した実話怪談を語るという分野の先駆的存在として、現在、怪談師・ファンキー中村の名前で活躍中。怪談ネットラジオ「不安奇異夜話」は異例のリスナー数を誇っていた。全国各地で怪談を語る「不安奇異夜話」、怪談を通じて命の尊厳を伝える「道徳怪談」を鋭意開催中。

著書に『不明門の間』（竹書房）、オーディオブックＣＤ「ひとり怪談」「幽霊譚」、監修作品に『背筋が凍った怖すぎる心霊体験』（双葉社）、映画原作に「呪いのドライブ　しあわせになれない悲しい花」（いずれもファンキー中村・名）などがある。

●校正　株式会社鷗来堂
●装画　菊池杏子
●装丁　株式会社グラフィオ

怪談 5分間の恐怖　人形の家

発行	初版／2017年2月
著	中村まさみ
発行所	株式会社金の星社 〒111-0056　東京都台東区小島1-4-3 TEL　03-3861-1861（代表）　FAX　03-3861-1507 振替　00100-0-64678　ホームページ　http://www.kinnohoshi.co.jp
組版	株式会社鷗来堂
印刷・製本	図書印刷株式会社

256ページ　19.4cm　NDC913　ISBN978-4-323-08113-7

乱丁落丁本は、ご面倒ですが小社販売部宛にご送付ください。
送料小社負担でお取り替えいたします。

© Masami Nakamura 2017
Published by KIN-NO-HOSHI SHA, Tokyo Japan

JCOPY 出版者著作権管理機構 委託出版物

本書の無断複写は著作権法上での例外を除き禁じられています。複写される場合は、そのつど事前に出版者著作権管理機構（電話 03-3513-6969　FAX03-3513-6979　e-mail: info@jcopy.or.jp）の許諾を得てください。
※ 本書を代行業者等の第三者に依頼してスキャンやデジタル化することは、たとえ個人や家庭内での利用でも著作権法違反です。